S O M I

Dominique Fabre

Nouvelles inédites

Relire

L'invité

Lire

Publié avec le concours du Centre national du livre

Avec le chien

Dominique Fabre

Une jeune femme. De préférence une jeune femme. Avouons-le. Plutôt que la vieille à ses côtés, qui a bien du mérite puisqu'ils sont bientôt arrivés sur le Plateau. Ils n'y vont jamais trop : aller là-bas c'est comme si on tirait le diable par la queue. Encore que ce jour il n'y a pas le marché, il y en a eu un hier, et peut-être demain. Ils trouvent une place juste devant le bar-tabac où il vient acheter son journal, des fois qu'on parlerait de lui. S'il a le chien en promenade, parfois il lui enlève sa laisse pour qu'il puisse cavaler après les pigeons, les volailles, seulement quand ce n'est pas le jour du marché. Parfois, elle dit, c'est tellement difficile la vie avec lui. C'est tellement dur que j'en garde une impression de coup de force permanent. C'est tellement dur que j'en garde une impression de tour de France permanent. Ils auraient pu se garer directement dans le parking en sous-sol près de leur appartement sur les pentes, mais alors que faire du chien dans les ruelles ? le retenir, le laisse cavaler ? Difficile de tenir le chien excité par le retour, à supposer que. Toujours été trop con ce chien, mais l'affection, tellement d'affection, parfois il lui suffit d'un aller-retour autour de l'auto garée, une fois ôtées la valise et la mallette, ou plutôt, son beau cartable d'écolier, un rouge sang, avec une poignée très à poigne, à sa pogne, idéale pour faire de longues marches entre l'école et la maison. L'imaginer prof de quoi dans un lycée, en réfléchissant à l'avenir de tel ou tel, jeune fille exaltée qui porte des chaussures plates toute la semaine et un soulier de vers le lundi matin, jeune anarchiste aux favoris bien taillés, quand c'est l'heure pour lui de décider de son orientation, avec, faut être juste, un arrêt debout au café, en plein silence devant son verre de blanc, ou alors, des retrouvailles avec un camarade des pentes, de temps en temps.

Pas si souvent en fait, ces retrouvailles, car il suffit qu'ils ne descendent pas aux mêmes heures, ne s'y trouvent pas au même moment, ou ne fréquentent plus tout à fait les mêmes établissements, mais quand ça leur arrive, et ça leur, ils oublient l'heure qu'il est, de départ ou d'arrivée, la liste des commissions, l'objet de leur démarche sur le Plateau, le temps qui passe, le sujet, le verbe et le complément, et ça finit parfois plus mal qu'ils ne l'avaient imaginé, avec bien moins de résistance qu'à une époque donnée. Attendons encore pour nous dire adieu, encore un adieu, cette année ne sera pas meilleure que la précédente, cette année ne sera pas la dernière, mais en tout cas, le tout est dit sans mots, entre deux verres, que tu m'aies accompagné ces quelques jours, ces quelques heures, quand j'ai pris le train, le métro, que j'ai senti ta présence à tes côtés, ta présence à toi, sans magie noire, ni bleue ni colorée, nous marchions.

Juste après avoir mis le clignotant, au moment de déboiter un dingue manque percuter l'aile arrière, le chien jappe en terreur, en portant la main à sa bouche elle se balafre de son rouge à lèvres jusqu'au milieu de la joue, puis braque sur le bas-côté, elle pile dans le gravillon. Attention ! il bougonne. Mais je sais, je l'ai vu, ouf ! Et là, qu'elle est au bord des larmes, il sent pour elle une bouffée de gratitude, ils ouvrent un peu la vitre de chaque côté, histoire de faire venir de l'air dans l'habitacle, qui n'en est pas privé mais ça sent le poil de chien, même quand il est en pension pour leurs brefs voyages, ça pue toujours le chien dans la voiture, mais bon.

À hauteur de la Saône, sur le pont, le soleil luit à travers les gros nuages noirs de bande dessinée, et des grosses gouttes s'écrasent contre le pare-brise. Sur les collines où il fait encore plus sombre qu'en bas, on imagine le brigand Orsoni et ses enfants qui regardent la ville à leur pied. Le brigand est jovial, et ils se retrouvent sans doute un jour ou l'autre, lui et lui, sur les pentes à marcher, l'un pour se dégourdir les jambes, balader le chien, et l'autre pour voler les riches ou toute autre combinaison de circonstances qui les amènent une fois de plus dans un café, une friterie bar, sur le Plateau. Mais en attendant, rentrant dans la ville sous toute cette pluie qui a cessé d'être maladroite et tombe assidument, avec un reste de clarté venant du tunnel de Fourvière, comment dieu est-ce possible ? Il fait un sourire d'amoureux et elle le regarde de biais, espère croire qu'ils sont heureux un court instant. Mais ensuite elle croit que ça n'a rien à voir avec elle ; ce en quoi elle se trompe sans se tromper, n'a pas tout à fait tort en se mettant le doigt dans l'œil, tout ensemble, à l'unisson. Ils prennent de petites rues vers le Plateau. À un moment, au sortir de la place, un jeune homme s'est garé dans son Alpine Renault, en plein milieu dans la rue et il serait normal de le klaxonner, il est en train de bavarder avec ses potes. En principe, dans un monde civilisé, il faudrait qu'il sorte de la voiture pour le remettre dans le droit chemin, en route, direction le plateau, quand c'est qu'on arrive au plateau ? mais s'il sortait, lui qui n'aime pas la violence, après l'avoir beaucoup pratiquée sur lui-même, de quelle façon il l'ignore, il lui demanderait poliment de déguerpir, nous ne sommes pas aux pièces mais le jeune homme qui malgré sa jeunesse a vraiment une tête de con, a créé avec sa voiture une sorte de bouchon qui stagne jusqu'en bas de la pente, jusqu'à l'Hôtel de Ville, excusez du peu. Il a l'air réjoui, bavardant à ses potes juste à l'heure de la sieste. Alors bon, au lieu de lui régler son compte il hausse un peu les épaules. Il lui dit, je vais piquer un somme, 20 minutes, et sans nouveau bouchon inopiné, en respectant les limitations, nous arriverons en direction de la route de Chalons à mon réveil, puis ce sera ton tour, si tu veux. Nous nous arrêterons sur un bas-côté, je promènerai le chien pendant ce temps.

D'accord, elle lui répond, les deux mains sur le haut du volant. Ah enfin, le voilà qui démarre. C'est pas trop tôt.

Elle est peut-être fatiguée de le conduire, avec le temps. Elle le lui a déjà dit : je sais que tu n'es pas adapté à la vie moderne, à la conduite, au travail salarié, et autant ça a pu le faire à nos débuts autant cela commence à me peser, à me faire chier, à me poser des questions. Lui, qui aurait pu s'attendre à ce changement d'orientation, d'inclination, il en reste tout chose, angoissé, démuni. Ha bon ? Il voudrait tendre les mains vers elle et savoir les bonnes paroles, baume du tigre, bobobosse et poudre de perlimpinpin réunis, en imposition des mains. Jesus loves you. Buddha loves you. I love you ! Mais ce n'est plus si facile, avec le temps, d'ailleurs il est déjà en train de faire la sieste, il va se réveiller pour qu'elle la fasse à son tour, il ira promener le chien.

Il a ouvert les yeux. On croise une brigade motorisée, un bref sourire, ils ont une drôle de tronche avec leurs têtes de nœud et leurs lunettes de plongée. Enfant, il ne voyageait pas beaucoup, et n'a jamais pris l'habitude. Un endroit qu'il aurait aimé visiter c'est l'Amérique, mais en fait, non. D'une part il leur aurait fallu prendre l'avion, laisser le chien et déposer la voiture à un parking longue durée de Satolas, sans compter toutes les heures sans fumer pendant le vol. Comme quoi ça fait beaucoup, elle est loin l'Amérique. Alors bon, va pour Chalons, Mâcon, Dijon. Puis, après la brigade mobile d'intervention, plein de voitures qui tracent, des gens très différents. Si nous avions des pouvoirs magiques nous pourrions suivre des yeux chacune de leur histoire, qui ils sont, qui ils espèrent devenir, mais sans avoir le temps de se mettre à imaginer voici que le chien pète, c'est une urgence ; il faut le faire sortir... Il frétille de la queue devant le coffre arrière.

Il a sorti de l'eau, a encore vérifié qu'ils lui ont bien donné les vitamines pour chien, ce matin jour impair. Quand le clebs manifeste son envie de bouger tout le monde a tendance à lui obéir, sans qu'obéir soit le vrai mot. Elle a remaquillé ses lèvres, il a suivi des yeux dans le rétroviseur sa manière de, avec l'envie de sortir des choses désagréables pour se venger. Il ajuste sa ceinture de sécurité. Vérifie son sac derrière eux. Il l'a. Le siège arrière il est bien encombré avec le chien. Même le museau du nez à la vitre arrière entrouverte c'est assez intolérable, c'est vraiment un chien tellement vieux ; un jour, tout est devenu tellement vieux. Quand ils partent pour plusieurs jours ils le mettent en pension. C'est la seule dans son genre dans toute la ville de Lyon, un chenil quatre étoiles. Quand ça aboie de tous côtés, il lui passe la laisse rouge, elle attend dans la voiture car elle n'en peut plus de ces difficiles séparations, parfois même, elle en pleure. Les deux mains sur le volant ; le téléphone portable coincé près de l'autoradio, coincé lui-même sur France Musique, ou Culture ; elle tend la main vers les kleenex exprès pour, les autres clebs de ce chenil de luxe lui font un accueil du tonnerre de Dieu. Toute une famille s'en occupe ; parmi eux, la fille est devenue vétérinaire ; c'est elle qui soigne leur vieux chien. On pourrait raconter cette histoire. Nous verrons bien.

Quand il regarde par la vitre c'est extraordinaire ce qu'on voit bien avec lui. Il n'a pas l'air de regarder avec tellement d'attention. Ou bien, c'est que ce qu'il pourrait regarder se situerait plutôt en dehors de la vue, de ce qui se découpe par la vitre qui bouge, tandis que sa femme conduit. Parfois, s'il sent qu'elle va s'assoupir, lui tache de garder ses yeux bien ouverts. Que si elle les tue par endormissement de route nationale ou départementale peu usitée il y voit quand même clair sur la situation, pour préparer quand même le compte rendu. En regardant par la vitre passagère à ses côtés, il ne s'exclame pas aux découvertes que tout un chacun circulant dans la même voiture ferait ; une vache a sauté la clôture, des jeunes garçons s'amusent à se pousser sous les roues du bus scolaire, une femme baisse sa culotte en soie et la fourre dans son sac à main. S'agit-il d'un défi ou bien c'est qu'elle a chaud en cette saison ? on voit parfois des choses comme ça, quand on roule en voiture. Je pourrais parler des choses que j'ai vues avec lui, mais à pied, en descendant les pentes vers le fleuve. En tout cas, en roulant avec lui sur le siège du mort, ça augmente les chances de voir des trucs comme ça, à travers son regard. On n'aura renversé ni cycliste ni piéton, mais que se passera-t-il la prochaine fois ? Une cigarette encore, et pause pipi.

À un moment il me semble que tout le monde est là, prêt au redémarrage. Le chien avachi devant son eau, le plein d'essence et le petit supplément d'huile, la route en fusion, ou juste en goudron, mais avec son tracé indiscutable, bandeau dans le paysage, et lui qui tire sur son clopo, à petite gorgées mais pas goulument, pas comme un drogué mais comme s'il avait atteint son régime de croisière, juste une tabagie à vous en décrocher la plèvre, si on en croit le compte rendu à la place des Angoisses. c'est un cancer. Il fait remonter le chien, vide le reste de l'eau, monte à son tour. Parfois, on se prendrait d'envie qu'il se passe des choses bizarres, qu'ils empruntent un nouveau trajet, qui leur a soufflé cette idée ? Ils se regardent, la femme et lui, ils regardent aussi à droite à gauche dans l'habitacle, qui aurait bien pu leur parler ? Ils ne voient que le corniaud qui halète énormément, il aura sans doute rencontré une fourmi tout à l'heure… ou une autre bestiole effarante pour lui. Ce doit être pour ça qu'il n'a pas l'air dans son assiette creuse, puisque plate ne conviendrait pas à la nourriture qu'il ingurgite. Jamais vu de chien si bien soigné en France, si vous voulez mon avis. Mieux vaut être canidé qu'enfant trouvé, chien perdu qu'enfant fugueur, si on va chercher par là. Mais plus jamais de vraies vacances car il faut s'occuper du chien ; ou le confier à des abris quatre étoiles, psychologue canidé et croquettes du matin, variées le soir, 325 euros par mois. Possibilité d'éveil à la sexualité, chien plus caniche, chien plus chien, en veux-tu en voilà, supplément. Masturbation manuelle.

Liberté de circulation. Ils se sont remis en marche, l'homme et la femme se parlent toujours aussi peu. Ils sont pour toujours côte à côte on dirait, aussi inséparables que s'ils vivaient éloignés, sans être très éloignés, c'est dur à expliquer, il y a bien eu de l'amour là-dedans, mais la vie n'est pas toujours reluisante. La vie est longue et plutôt désespérée. Il ne sait pas où ils vont, ils ne savent pas, mais ça leur fait sans doute plaisir à tous les deux, sa voix est lente, sa diction est lente, il a un accent, il vient des pentes sous le plateau, quand il dit ça, il vient des pentes, on a juste envie de le connaître, dans le sens de la descente, avec lui vers le fleuve.

Sinon on peut le trouver dans un bar, sur la placette pas loin. Il croit veiller sur nous quand en fait, c'est plutôt nous qui le guettons. Au dernier mot horizontal de sa grille de mots croisés, il se pourrait qu'il parte jusqu'à plus soif, en Amérique, ou ailleurs que là-bas. Il se pourrait aussi qu'il ne fasse qu'un petit tour dans les ruelles, pour voir qu'il n'a rien loupé de nouveau, toutes ces dernières heures. Un chat efflanqué vient se frotter à ses chaussettes rouges. Mon frère, pourquoi m'as-tu abandonné ? mais je ne t'ai pas abandonné, je suis là, à côté de toi. Et nous descendons vers le fleuve. Descendre est bien plus facile que monter, à son avis. Je hoche la tête, j'ai toujours voulu connaître son avis sur beaucoup de choses qui m'importent. Je ne lui ai pas demandé. Nous avions le temps, ou du moins, je le croyais. En fait, nous n'avions pas autant de temps que je ne le croyais. Lui, il n'a jamais semblé y croire, en fait.

Parfois, dans une montée, après le diagnostic de la place des Angoisses, la « chose » lui foutait la paix. Il lui fallait quelques minutes pour se rendre compte du poids dont il se sentait soulagé, sur ses vieilles épaules. Lesquelles, cependant, ne tombaient pas. Le malheur se tient droit, comme l'injustice. Autre point de ressemblance, il détestait les juges et autres auxiliaires de la justice des hommes ou bien divine, comme qui dirait. Je pense à lui souvent. Il me soutient. Il me donne ce dont j'ai besoin sans savoir à qui demander ; il est toujours là quand il faut, ou quand il ne faut pas. Il faut beaucoup, parfois ; parfois, ça ne cesse jamais de falloir. Un jour ou l'autre, il partira peut-être pour de bon ?

Il faudrait sans doute que je lui pose la question. Mais bon, quand nous marchions ensemble j'oubliais à chaque fois de lui demander. Maintenant je n'ai plus besoin de lui demander, je n'ai plus besoin de connaître la réponse. Je me tourne de son côté, il n'est pas toujours là de profil, quand je me tourne de son côté. Parfois, ne reste qu'une ombre de lui et sa respiration seule fait une tache. On ne visite plus les mêmes squares, la plupart du temps. Il n'en fait plus le tour dorénavant, d'aucun. Lui à une époque avait encore ce chien en partage avec une femme ; les voir ensemble valait son pesant de nougat, et puis les déplacements ; quand on va quelque part on ouvre le capot pour mettre une gouttelette d'huile. On mesure. On essuie, on recommence. Le machin ne permet pas de décider vraiment si ça suffit, si c'est à peine suffisant ; en tout cas, ça roulera, ça roulera jusqu'à la dernière pente, celle avec un trou au bout. Ou nous vivons ainsi, c'est le silence ; aucun chant d'église avec lui. Aucun confessionnal à ciel ouvert ou découvert. Aucune mine de sel ni statue d'itou, ou de sang ; juste vérifier l'huile avant de partir, ne pas oublier la nourriture pour le clébard, le tabac pour les bronches, le troquet pour le vin.

J'aurais bien aimé partir avec lui. j'imaginais la scène. Nous nous garderons bien d'emprunter les autoroutes, avec tous ces radars et les photographies. Nous prendrons les nationales, les vicinales, il sortira le plan. Lui qui n'aura jamais appris à conduire s'occupera du plan. Il aurait pu vouloir mais ça ne changerait rien. Ils se sont frottés l'un à l'autre, tant et plus… ils se sont habitués de cette façon, la femme les mains sur le haut du volant, lui les yeux sur le plan, et dans le rétroviseur, le gros chien qui pue. Parfois, il se met à sourire sans le montrer. Quelle catastrophique épopée ! il se murmure à lui-même. Il suffit d'un instant d'inattention et on ne se retrouve pas dans le fossé, on n'a pas fait d'embardée, je pense souvent à lui, comme si j'avais plusieurs amis Pierre, dont je suis le même ami, si on va chercher par là. Et je ne sais pas où ils vont.

Parfois il revient à côté de moi. Je ne sais pas exactement quand il est arrivé. Mais maintenant j'en suis certain, oui, il est bel et bien là. Il n'a sans doute pas fait un long voyage. Il est de retour d'autrefois, il revient de pas loin d'à côté. À plusieurs reprises, j'ai cru l'apercevoir dans les rues près des quais, sur les quais. Les quais du Rhône ou de la Seine, quand je pense à lui, ne sont pas sombres, mais ne sont pas illuminés. Ses yeux voient assez bien comme ça, dans le noir revenu où il nous faut aller à notre tour. Il n'en sortira pas. Il n'a peut-être pas envie d'en sortir. Le livre n'est pas terminé, alors il attend. Sa voix a plus d'urgence qu'elle n'en aura jamais eu, dans sa vie. Il a eu tellement de patience, il a eu aussi des absences, des oublis. Les morts ne le sont pas tous de la même façon. Certains vous abandonnent et juste avant, ils vous ont laissé des consignes pour la suite, celle sans eux. D'autres font différemment. Ils ne vous quittent presque jamais, dès leurs funérailles ils sont là. Ont-ils quand même de la peine de vous avoir fait ce coup-là ? Il n'y aura plus jamais de permissions de minuit, dans leur vie. Ils ne l'ont jamais demandée. Il vient quand il veut, quand il peut aussi. Il s'assied à côté de moi, sur un banc dans un square. Nous n'avons pas besoin de parler, là où il est, plus n'est besoin d'aucune parole. Il reste là, avec le même regard que d'habitude. C'est juste devant ses yeux. Salut, l'ami, reviens me voir plus souvent, s'il te plaît.

Nous ne gardons du monde qu'une version abrégée à quelques événements, quelques voyages, quelques décès, une poignée d'amis. Ils ne sont pas revenus l'un après l'autre à la six quatre trois, non plus qu'à la queue leu leu. Quitte à tous revenir, ils auraient pu le faire en rangs serrés, en quinconces, en fanfare ! Sauf que non. Lui il a sa façon spéciale de revenir comme s'il n'était jamais parti. En somme, nous nous suivons tous de la pire des façons, sans vouloir. Il n'ose pas me le dire mais on le sait bien, lui et moi. Des pigeons nous entourent. Des arbustes dont, si je lui demandais, il ne dédaignerait pas de me donner le nom latin. Il a ce genre de coquetterie. Lui qui fut très élégant a maintenant une haleine de chacal, malgré les bonbons à la menthe. Le square n'est pas habité de la même façon, selon les mois, les années, les saisons. Ensemble, on regarde les amours des bureaux et les bilans d'après la pluie, ou d'entre deux orages. Ainsi nous avons pu échanger quelques mots, en balade en voiture, parfois, tu m'as abreuvé de silence, quand on a baladé le chien, d'un bled à la cambrousse que tu n'aimais pas trop à un café sur le Plateau, dont tu redescends à pas d'heure, finalement, porté en avant par ta sacoche lie-de-vin, comme le professeur d'aucune école, tu auras quitté tôt l'école. En définitive tu auras tout quitté tôt, tu pourrais sourire à cette idée. En ce moment ta femme finit peut-être une grille de tes mots croisés, lit un livre que tu serais allé retourner à la bibli de La Part-Dieu, ou fume une cigarette en se demandant pourquoi elle n'a jamais pris ses distances, ce qu'elle foutrait à vivre avec un type comme toi, quand tu reviens sans crier gare t'asseoir à côté d'elle, et en fait personne ne le sait, sauf ton chien, qui dans son sommeil frétille de la queue, manque aboyer des retrouvailles, et c'est si peu, c'est presque rien. ■

Balade sur les terres de Dominique Fabre

Au fond, peut-être que l'écriture de Dominique Fabre ressemble à sa voix, douce, un peu voilée, faite pour la gentillesse, mais avec ce petit sourire qui la colore à tout bout de champ et qui trahit le guetteur qui fait son miel du moindre incident de la vie.

Mélancolique certes, l'œuvre l'est ; elle se construit autour de destins de » types comme lui », à qui il faudrait « arracher le cœur », ceux à qui le père a dit « je vais devoir vous laisser » et qui finalement le fait. Ils vivent dans les banlieues, la plupart du temps parisiennes, ils sont frères de quartier, fidèles à leurs tours, solidaires dans la poisse, invisibles, anonymes, frères présents aux fêtes comme aux enterrements. Ils sont souvent hospitalisés. « La maladie fait son travail ». Ils meurent, et leurs amis les accompagnent ou au contraire se défilent. « Putain, fait chier la mort ! » Ils quittent Paris pour d'autres banlieues, parfois celles de Marseille ! Ils prennent le train, beaucoup de trains. Mélancolie tranquille pour personnages souvent falots, qui n'hésitent pas à se définir comme tels.

Prédestinés perdants, ils n'abandonnent pas pour autant leur place à la table de jeu. Leur vie se passe au futur improbable, que les titres de Dominique Fabre évoquent si bien : *Je veux rentrer chez moi*, *Moi aussi, un jour j'irai loin*, *J'aimerai revoir Callaghan* ». Dans le style de Dominique Fabre, il y a les verbes qui ressemblent au conditionnel, ceux qui disent les envies que l'on devine difficiles à réaliser. Et il y a les verbes au passé qui racontent l'histoire des copains que l'on a souvent perdus de vue, car « au bout du compte il faut poursuivre seul son chemin ». Le narrateur conduit la recherche des souvenirs, le récit de ce qui s'est passé… Il dit « je me rappelle, je revois » ; il se perd « qu'est-ce que je voulais dire ? » « Je ne sais pas… Ça m'a fait bizarre ». Aux côtés des mères, des sœurs, des copines… il assiste aux dérapages, aux déglingues. Il dit « j'ai voulu raconter ça pour nous, parce qu'il ne sert à rien de vivre si on n'a pas d'amis. » Et puis les mères, les sœurs, les copines rentrent elles aussi dans le jeu et leur destin se déroule à son tour.

C'est ce que l'on appelle un univers romanesque, une atmosphère que l'on reconnaît de suite, une couleur, un rythme, des personnages qui se répondent d'un texte à l'autre. Et des mots pour le définir que l'on retrouve dans toutes les recensions : romancier de la banlieue, écrivain de l'errance, solitude et désillusion, mélancolie, désillusions, écriture en demi-teintes… Bref, de quoi faire fuir les lecteurs, d'autant que ses éditeurs ont tendance à lui faire des couvertures impossibles.

Alors il faut bien admettre que Dominique Fabre doit avoir beaucoup de talent pour avoir tenu tête !

Il a deux atouts dans ses cartes. L'humour et le style.

◆ Ce qu'il souhaite à son lecteur ?

◆ *Même si ce que j'écris est souvent sombre, j'espère que le lecteur trouvera des occasions de sourire, sera sensible à l'humour. Après tout, ce que j'écris c'est la vie.*

L'humour n'est pas occasionnel, il est présent partout, dans les situations, dans les personnages, qui ne sont jamais des caricatures mais toujours des types humains qui nous font sourire parce qu'on les connaît si bien. Et cet humour se traduit dans son écriture par des inventions, des formules, des associations de mots, qui fusent à chaque instant. Le lecteur n'est jamais dans le mélo, le drame, mais toujours au spectacle. Un style reconnaissable à première vue.

Venons-en aux nouvelles. Trois recueils étiquetés « nouvelles » par les éditeurs : *Celui qui n'est pas là*, *Pour une femme de son âge*, *J'attends l'extinction des feux*. Et des novella. Des nouvelles cachées : *Il faudrait s'arracher le cœur* est en fait un ensemble de trois longues nouvelles. Il n'y a pas vraiment de coupure entre les romans qui sont courts, les novella et les nouvelles… on reste dans l'univers romanesque. Sauf que… Sauf que les nouvelles aiment bien manier le présent, que les phrases y sont plus nerveuses. Les nouvelles sont souvent comme des polars sans crime, mais non sans cadavre, puisque, je me répète, on meurt souvent dans les textes de Dominique Fabre. Comme les polars, elles baignent dans cette atmosphère floue, dans ce quelque chose de vague que sont les banlieues, mais où l'action peut se dérouler et réserver des surprises.

◆ *Ces nouvelles viennent des choses que l'on m'a dites, de ce que je vois. J'aime aussi pratiquer l'art de la chronique. J'en ai écrit pendant cinq ans pour* Le Matricule des Anges, *une par mois, « Choses vues ». Je les ai retravaillées plus tard pour donner* Des nuages et des tours. *Il y a beaucoup de textes que j'écris et que je ne publie pas et qui sont peut-être des nouvelles. Je suis très isolé. Je n'ai jamais été « vendu » comme nouvelliste, je n'ai jamais fait partie d'un groupe. Franchement, je ne suis pas accrocheur pour les éditeurs. Parfois à propos de ces textes, je me dis « celui-là, il peut durer ». Je le tape, je le mets sous enveloppe et j'essaie de ne pas perdre l'enveloppe…*

La biographie de Dominique Fabre est le terreau de son œuvre d'écrivain. Il règle certainement quelques comptes mais il utilise surtout cette énorme matière première que son enfance et son adolescence chaotiques lui ont donnée. À y regarder de près, ils ne sont pas si nombreux que ça les écrivains issus des banlieues. Certains s'y conduisent en grands reporters envoyés spéciaux, mais ils sont nés et ont grandi ailleurs. Dominique, lui, a tout le matériau dans sa mémoire et son cœur et c'est sur cette matière qu'il peut exercer ce métier d'écrivain qui consiste à le dire avec des mots. Suivons donc les grandes lignes de sa biographie. (1)

Né en 1960 à Paris. À trois ans, sa mère l'envoie avec sa sœur dans une famille d'accueil de Haute-Savoie, près d'Annecy.

Les premières nouvelles de *Pour une femme de son âge* se situent dans les Alpes, les bars louches sont à Grenoble à Genève, à Annecy, la prison du père de Philippe à Lons-le-Saunier, les ronces de Gilbert ont brûlé en cinq sept, et les romanos passent les frontières venant de Suisse ou d'Italie. Les enfants vivent chez leur nourrice qu'ils appellent Tan Gina et son mari Ton Jos, parents nourriciers souvent dépassés par les gosses et par la vie, maniant le martinet autant que la protection… tantôt Thénardier, tantôt Weber, ils entassent les interdits que les gosses devenus pré-adolescents vont transgresser.

« En nourrice, je me suis cassé la tête toute mon enfance pour trouver des preuves d'amour de part et d'autre de la ligne du train mais les preuves d'amour que j'ai reçues, je les ai souvent eues sans celle de leur existence. »

À 12 ans, il retourne à Asnières, pour habiter avec sa mère et sa sœur une I.L.M. (ne pas confondre, la mère y tient). Il est aussitôt mis à l'internat, un régime qu'il ne quittera plus jusqu'à la terminale.

« Il n'y avait pas d'heure pour penser à tout ça. Il n'y avait pas d'heure pour l'oublier. Du coup je n'ai rien oublié.» Ni les retours fébriles à Asnières, la peur au ventre, en se demandant de quelle humeur sera sa mère ; ni les samedis soirs avec sa sœur Magali, à se chamailler sur les voitures noires qui viennent chercher leur mère ; les errances près de la voie ferrée ; les castagnes à coups de mottes de terre ; les crises auxquelles est sujette leur mère et qui les recouvre d'une "ombre noire" ; la petite télé Sony, les fous rires et les chansons du hit-parade d'Europe 1… Et puis, le sac que l'on prépare, soulagé, à la veille d'une autre semaine.

« Il arrache la couverture, le drap, et claque des doigts pour que l'interne refasse son lit au carré. Et le coupable, désigné à l'opprobre de nos yeux déjà mi-clos, pour le rendre encore plus coupable, car on n'est jamais assez coupable quand on est coupable dans le dortoir des quatrièmes, doit donc refaire son lit. »

◆ *Ça s'est déclenché quand, l'écriture ? À l'adolescence, j'étais interne, je bouquinais parce que je m'ennuyais. J'ai commencé avec Troyat, Les Semailles et les moissons. Ma mère avait une petite bibliothèque, elle me laissait faire. À cette époque, j'ai lu Marie Cardinal, Raphaële Billetdoux, Françoise Mallet-Joris, Françoise Sagan, Philippe Hériat. Puis j'ai découvert Maupassant, Calet, Bove, John Cheever, Gorki, Jules Renard, Alphonse Daudet, Osamu Dazaï. Et plein d'autres en fait.*

◆ Et aujourd'hui, en tant que lecteur, es-tu toujours fidèle aux nouvellistes, à la littérature intimiste, aux « petites musique », aux cassés de la vie ?

◆ *Oui, je lis pas mal de nouvelles, souvent des textes qui viennent d'autres pays. Je me rends compte que cet art est pratiqué partout, pas seulement aux Etats-Unis, où on trouve il est vrai de bien belles choses.*

◆ Quelques titres importants pour toi lus ces dernières années ?

◆ *En fait je relis beaucoup. Le recueil des nouvelles complètes de John Cheever en poche, je l'emporte toujours où que j'aille, juste au cas où.. je fais partie de ces gens qui ont du mal à retenir les titres des livres… Je relis aussi régulièrement Maupassant et Tchekov, ce qui n'est pas original !*

L'absence du père

Elle court dans toute l'œuvre. Le père de Philippe est détenu en prison : « Le mien je ne l'avais jamais vu, et je ne pouvais pas savoir à quoi je ressemblerais, plus tard. »

Cette absence est la ligne de force de *Celui qui n'est pas là*, auquel elle donne son titre. Dans ce recueil, avec « Mon premier souvenir » , rêvé sans doute, création de l'écrivain, on est là devant tout le talent de Dominique Fabre. C'est un texte tout en petites touches, petits détails qui supportent des sentiments si violents. « Papa habite Paris intra-muros depuis qu'il nous a plaqués pour vivre avec une garce mais je sais bien qu'il est toujours encore d'ici. Il me tient la main quand il me raccompagne ». C'est tendre et ça saigne !

Il y a d'autres figures tutélaires. Dominique Fabre dit : « Mon tuteur était cantonnier. » Voilà donc Rachex, cantonnier, belle figure de la classe ouvrière. « Il conduit la camionnette orange de l'administration. C'est lui l'homme de confiance du chef, le contremaître. Il n'est pas toujours saoul. Mais ça lui arrive quand même. Ses crises de désespoir sont à deux litres. » Il sauve son chef dans un éboulement et ne peut plus être cantonnier. On lui trouve une place à l'incinération à Carrefour. Il y récupère les poulets. « Deux jours après la date, c'est encore très bon un manger ». Sacré Rachex. Les copains cantonniers creuseront son trou avec les pelles de l'administration.

Et il y a aussi l'amant. « Je ne l'aimais pas. » « L'enfant que je fus ne s'aperçoit pas qu'il faisait pourtant de son mieux, parfois, l'amant, partagé entre son énervement d'être tombé sur cette femme flanquée de deux mômes, dont il n'a pas le mode d'emploi et peut-être qu'elle non plus, et cette volonté d'être à la hauteur de son rôle… »

Et puis un jour « On sort de son enfance par le côté de la rue qui est le moins éclairé » .

◆ *J'ai rencontré mon père à 17 ans. Il rentrait d'Afrique et il a pris une boutique de journaux. Celle-là même dans laquelle passe Richard lorsqu'il a perdu ses chaussures, dans Je veux rentrer chez moi. Mes textes se répondent. De l'un à l'autre, cela arrive assez souvent. Cette boutique, c'est un des endroits merveilleux de ma vie.*

C'est dans « La Boutique » qu'il nous permet de pousser la porte, de partager cette rencontre, d'entrevoir cet amour que l'absence a transformé au delà du rapport paternel, « J'aimais bien regarder vers sa poitrine, et j'ai souvent imaginé lécher ses poils gris ou bleus, – ou tirer un peu les chaînes en or qu'il portait, cela l'aurait obligé à lever les yeux vers moi. ». « Il me regardait bizarrement, comme si je rappliquai par l'omnibus d'un passé si lointain qu'il n'en avait presque aucune trace. Ce passé lointain, j'en venais, et j'avais déjà dix-sept ans. » C'est à la boutique que l'adolescent rencontre la femme blonde qui s'ennuie dans sa vie. C'est à la boutique qu'il comprend « que j'avais été trompé par mon père et que j'aurais tout fait pour lui. »

Dominique Fabre feuillette le recueil, s'arrête sur « Les Ronces » :

◆ *Je l'avais oubliée. À des années de distance, elle est la matière de quelque chose que je travaille actuellement, un roman à venir…*

Il est presque étonné de cette découverte.

Le père, toujours le père : « Il sera là dans un

jardin public, il sera l'enfant dans le square. Il ne sera pas encore là. Il n'aura pas cessé de venir pendant toute la vie, des années. Il n'aura pas cessé darriver. Vraiment ça valait la peine d'attendre. Il viendra. »

À 17 ans, il fait un premier voyage aux États-Unis où se trouve sa sœur.

◆ Que faisait ta sœur aux USA ?

◆ *Elle est partie vivre là-bas toute jeune et de fil en aiguille elle s'y est installée. Je crois que beaucoup de gens se retrouvent aux Etats-Unis sans trop savoir le pourquoi du comment. J'aurais pu y rester, mais j'ai fait demi-tour.. Ce pays fait souvent rêver de façon peut-être excessive.. mais bon.*

Après le bac, il fait deux années de khâgne, poursuit à Nanterre où il s'inscrit en Lettres mais bifurque aussitôt vers la philosophie. Il passe sa maîtrise de philosophie en travaillant sur Heidegger. L'étudiant commence à envoyer des manuscrits aux éditeurs. Cela durera plusieurs années, pendant lesquelles il fera de nombreux petits boulots - dans le tourisme, sur des chantiers d'appartements puis comme correcteur d'imprimerie, puis en presse pour le « Journal du Textile ». Il rencontre sa femme. Ils ont deux fils, aujourd'hui adultes, musiciens, l'un en Belgique, l'autre à Marseille. Pierre Lômeur, chômeur longue durée, se raconte dans "Un jour moi aussi, j'irai loin". Refusé par beaucoup d'éditeurs, le roman est accepté par Maurice Nadeau et paraît en novembre 1995. Aujourd'hui, Dominique Fabre enseigne l'anglais en collège à mi-temps et travaille l'autre mi-temps dans un hôpital.

◆ *Les mômes, ça va. Le milieu enseignant, c'est parfois plus difficile.*

◆ Que dire du paysage littéraire actuel ? Et du commerce du livre ?

◆ *Actuellement, on n'est pas souvent dans la*

littérature, les livres ne s'affirment pas par eux-mêmes, il faut qu'ils s'appuient sur un sujet… les migrants, les affaires scabreuses qui se passent dans les familles… J'ai l'impression que j'intéresse de moins en moins les journalistes ! Je vais dans les librairies pour le lancement des nouveautés. À Paris, à L'humeur vagabonde, *par exemple. Je vais dans les bibliothèques qui m'invitent. Je reçois des lettres de lecteurs qui sont souvent plus intelligents que moi.*

Dominique Fabre serait-il un écrivain engagé ? On le retrouve, « observateur doux, narquois sans malveillance », (2) dans le rôle de l'écrivain qui accompagne un groupe de « jeunes en difficulté » au cours d'une semaine de randonnée à la montagne.

◆ L'empathie que tu témoignes à tes personnages adolescents, et peut-être aussi à tes élèves, te rend-elle proche des préoccupations actuelles des jeunes, (par exemple leur préoccupation pour le climat) ? Ou à d'autres types d'engagement ?

◆ *J'aime bien les gens. Je crois, banalement, aux valeurs traditionnelles d'empathie, de solidarité et d'ouverture aux autres. Comme pas mal de monde je suis effaré par la brutalité des gouvernants et leur vision à court-terme, qui nous conduit sans doute dans le mur, en ce qui concerne les conditions de vie « naturelles » et aussi le vivre-ensemble. Je ne me souviens plus qui a dit que la lutte des classes a bien eu lieu, et que les riches ont gagné ? C'est dommage…*

◆ En 2015, tu disais : « J'ai encore beaucoup de trucs à raconter et ça prend quand même du temps d'écrire des livres, j'aimerais bien arriver à quarante. Poèmes compris. Je dis ça comme, un peu, un fanfaron. Un recueil de poèmes, quand on est bien décidé, ça peut aller très vite. C'est surtout d'être décidé qui est long pour moi… Je brouillonne beaucoup. »(2). Où en es-tu aujourd'hui avec cet appétit d'écrire et ne serait-il pas la version adulte de cette quête de l'amour qui habite tous tes récits et tous tes personnages ?

◆ *En ce moment je brouillonne. Je me suis remis à écrire des nouvelles, j'en écris moins que je ne voudrais et là, je me fais plaisir. Oui, je continue avec des hauts et des bas, parfois j'ai des chutes de moral et je me tais. En ce moment ça va !*

Décidément, dur dur de résister au charme unique de Dominique Fabre . ■

Martine Delort

(1) Je me sers ici de celle fournie par www.cadex-editions.net.

(2) Claire Devarrieux. Interview pour Libération - 21 octobre 2015

Dominique Fabre
LES PROCHAINES VACANCES
Vu par Olivier Masmonteil
Le Chemin de Fer
Broché - 14 euros

par Marlène Deschamps

J'ai lu cette longue nouvelle de Dominique Fabre et pour voir en face son auteur, le rencontrer en quelque sorte, j'ai regardé sur Internet les « vidéos » de Dominique Fabre et j'ai pensé qu'en effet, c'était bien lui qu'on entendait dans cette nouvelle. Une voix qu'on aimerait celle d'un ami, du vrai sans ostentation et sans rajout. Il dit ignorer le réalisme mais il a mille fois raison puisqu'il est dans le réel de la vie, des émotions qu'on partage, le réel de nous autres humains paumés et magnifiques à la fois.

Je partirai de l'évocation **des lieux** parce que cela me parait central. Le narrateur est-il d'un lieu ? Lui-même tente de répondre à cette question mais ne réussit en fait qu'à accepter sa double appartenance et c'est déjà très bien mais il lui faudra, pour en arriver là, qu'une « histoire » s'écrive.

Il y a d'abord ce lieu dans la montagne, jamais nommé et souvent (très souvent même) désigné par les mots « par ici ». On tourne autour du village, « loin d'ici », Genève, la Maurienne, Grenoble, le Lac du Bourget et puis plus précis : Seynod, Evires, on a donné sa langue au chat, on est en Haute-Savoie près d'Annecy dans le lieu du secret de la mémoire. C'est le lieu de l'enfance, du doute de soi, c'est le lieu écrit, décrit, pour aboutir à ce constat « *Je n'ai jamais vraiment quitté tout ça* ».

L'autre lieu, c'est Paris, lieu multiple et non-lieu à la fois. Le chaudron où chacun dépose un peu des lieux qu'il a quittés. Certes Dominique Fabre émaille son texte de repères toponymiques précis : la station Château d'eau, les portes de Charenton et de Bagnolet, le quai d'Ivry, la Gare de Lyon mais il fait vivre dans ce décor commun l'Humanité entière : une vue du Caire sur l'écran d'ordinateur d'un hôtel inscrit au Routard, un Egyptien serveur d'un restaurant italien, une serveuse roumaine, un cafetier kabyle, un épicier tunisien et puis ces Portugais et ces Turcs pour lesquels Di Meglio a travaillé pour survivre à Paris le temps de son errance. C'est aussi Ndjamena et Les Baléares dans la tête de Tony et sans doute de Di Meglio puisqu'il avait éprouvé le besoin d'emmener le fils unique, Nicolas, en vacances aux Baléares. Le narrateur évoque le Maroc avec un collègue et se réfugie au Rev'Bar, un programme, près de cette gare de Lyon où « *des types à la dérive* » *ne sont* « *jamais prêts à prendre un train pour rentrer chez eux* ».

Et si le narrateur emploie à maintes reprises l'expression « chez moi » pour désigner son appartement parisien il finira, lui, par « acheter des billets » et s'il avait déclaré au début de la nouvelle : « *Je ne devrais pas essayer de vivre dans deux endroits en même temps* », s'il s'était dit (p.22) « *que ce serait sans doute la dernière fois, là-bas* » *il* «*attend les prochaines vacances* » à la page 70 et cette fois il a compris qu'il est d'ici et de là-bas. Il s'est posé toutes ces questions qu'il redoutait : « *il ne fallait pas que je me pose des questions, surtout sur mon enfance* » (p.23). Il est à la fois « *le petit Parisien* » qui n'a pas craint de « *toucher (sa) mémoire* » et peut corriger ses copies dans le train, ce cordon ombilical nécessaire, ce train qui passait sous le pont « *où j'attendais qu'on vienne m'expliquer d'où je venais et qui j'étais* », le pont qu'il a réussi à construire en devenant celui auquel Eliane a pensé parce qu'il est **aussi** de « là-bas ».

Sans aucun doute, l'autre thème structurant de la nouvelle est le combat que se livrent chez le narrateur **la mémoire et l'oubli**. Ce combat va devenir palpable par le fait du hasard, un hasard tragique qui précipite Nicolas Di Meglio, dont on ne sait presque rien, dans la mort accidentelle. Au tout début de la nouvelle le narrateur constatait « *je vis là-bas par accident, une vie entière par accident* » et cette unique fois, « là-bas » désignait Paris par opposition à l'ici de Tony.

C'est la mort de Nicolas qui, en fait, fait exister le texte et en déclenche l'écriture.

Le paragraphe qui ouvre la nouvelle mérite une attention particulière : « *On allait chez Di Meglio boire un verre, on ne restait jamais longtemps. Moi j'étais content d'y aller mais je ne me rendais pas compte.* » La nouvelle va donc amener le narrateur à se « rendre compte » puisque l'expression est au passé. Se rendre compte c'est « prendre en compte », c'est « tenir compte ». Plus loin cet état antérieur au récit est en quelque sorte expliqué : « *On ne parlait pas de grand-chose avec lui (Di Meglio). Les gens ne parlent jamais de grand-chose par ici, pendant des années entières. Pendant des années entières on pourrait même dire que les gens ne parlent de rien, avant de se taire tout à fait ou de partir loin d'ici. Loin d'ici est de trop. Où qu'ils aillent ils ne sont jamais si loin d'ici qu'ils se l'imaginent. Pour eux loin d'ici ne veut rien dire du tout.* » On touche ici du doigt la matière de l'écriture de Dominique Fabre. Il écrit comme on se parle à soi-même en complétant ou en corrigeant l'expression employée par une sorte de mitose des mots qui constitue la phrase et construit le sens.

C'est à partir de ce constat provisoire que le texte peut s'écrire. L'absence de guillemets et d'aucune sorte de marqueur de dialogue s'inscrit dans cette démarche de recherche intérieure, le désir de reconstruire par fragments une réalité présente ou passé qui échappe.

Plus loin, un autre paragraphe commence ainsi « *Le fils Di Meglio dont je me souviens mal parce qu'il avait deux ans de moins que moi, sur sa grosse Honda pour laquelle il avait économisé…* » *Fragment après fragment la vie de cet être prend corps, aussitôt menacée par la fin de cette longue phrase de 12 lignes « le souvenir du fils aurait fini par passer lui aussi avec le temps.* » C'est le mode du verbe employé qui laisse pressentir au lecteur qu'en fait il n'en sera rien.

« *J'ai presque oublié tout ça* » écrit le narrateur à la page 23 après un premier retour à Paris, tout est dans le « presque » qui, nous le comprenons ensuite, révèle une volonté d'oubli dans un souci de se préserver, de préserver un quotidien à peine rassurant : « *Elle peut vous laisser tranquille, la vie, longtemps, mais il y a toujours un moment où elle revient frapper à la porte d'entrée* » et comme si cette sorte d'aphorisme demandait une confirmation : « *Moi, c'est Eliane Di Meglio qui m'a appelé un samedi matin* ». On note ici également cet humour discret qui compense le côté quelque peu grandiloquent de l'aphorisme par la banalité du réel.

Le personnage d'Eliane va être essentiel dans cette « recherche » des autres et de soi-même. Sans qu'ils ne soient jamais exprimés, le lecteur devine une attirance, un désir de cette femme dont le narrateur avait souligné le courage et remarqué la silhouette dans la partie précédente.

« *Je me suis rappelé de tout ce que je pouvais avoir gardé en mémoire sans être sûr que ça valait la peine* », peu à peu l'oubli recule devant la mémoire et le narrateur en prend conscience avec, dans le style, la même volonté de familiarité et d'intimité avec soi-même génératrices de ce même humour discret qui met à distance la tentation de trop se prendre au sérieux.

Progressivement, le narrateur parle à Tony, à Eliane mais la volonté d'oubli est tenace : « *J'ai oublié tout ça, on est rentré peu à peu dans l'hiver* ». (p.36) et quelques pages plus loin est évoqué en filigrane un autre oubli impossible, celui d' « elle » dont on saura seulement qu'il s'agit d'une femme que le narrateur a aimé, d'une « histoire d'amour » ratée.

Les choses alors se précipitent dans la mesure où le narrateur devient l'un des acteurs physiques de la « recherche » qui doit ramener Di Meglio à sa vie, d'abord à travers le récit, puis dans la réalité. À mesure qu'il agit avec les autres, il reconstruit sa propre mémoire : « *Eliane Di Meglio qui était une jeune femme quand j'étais gosse et je la voyais souvent, à la Coop, en face de mon école dans le village du haut* » et plus loin (p. 48) « *Mes années de nourrice là-bas et la difficulté d'être le môme de personne* ».

Des objets de mémoire sont également acteurs de cette reconstruction collective, la « boîte Pleyben » de Tony, une boîte à biscuits comme nous avons tous, le bric-à-brac de nos vies. Et puis le sac de Carlo di Meglio qui a maintenant acquis un prénom, les souvenirs palpables de la vie de Nicolas. Plus haut, l'auteur avait écrit : « *Les morts ne nous reprochent rien, la plupart du temps. Parfois ils nous regardent, c'est tout, et c'est bien suffisant* ».

La quête s'achève, ceux de là-bas repartent au village avec « leurs grosses mains et les yeux clairs, et je n'étais plus un enfant ». Comment dire plus simplement, plus pudiquement ses sentiments.

« *Je me souviens de tant de choses en attendant* ». En attendant « *les prochaines vacances* ». Vous aussi, lecteurs, vous vous souviendrez de tant de choses en lisant *Les prochaines vacances*. ■

Bibliographie

Moi aussi, un jour j'irai loin, *(Éditions Maurice Nadeau, 1995 ; Coll. Points, 2012), roman.*
Ma vie d'Edgar, *(Éditions Le Serpent à plumes, 1998), roman.*
Celui qui n'est pas là, *(Éditions Le Serpent à plumes, 1999), nouvelles.*
Fantômes, *(Éditions Le Serpent à plumes, 2001), prix Marcel-Pagnol, roman.*
Mon quartier, *(Éditions Fayard, 2002), roman.*
Pour une femme de son âge, *(Éditions Fayard, 2003 ; Coll. Pocket 2008), nouvelles. Bourse Thyde Monnier de la Société des Gens De Lettres.*
La Serveuse était nouvelle, *(Éditions Fayard, 2005 ; Coll. Pocket 2007), roman.*
Le Perron, *(Éditions Cadex, 2006), novella.*
Les Types comme moi, *(Éditions Fayard, 2007 ; Coll. Pocket 2010), roman.*
Les Prochaines Vacances, *(Éditions Le Chemin de fer, 2008), novella.*
J'attends l'extinction des feux, *(Éditions Fayard, 2008), nouvelles.*
Avant les monstres, *(Éditions Cadex, 2009), poèmes.*
J'aimerais revoir Callaghan, *(Éditions Fayard, 2010 ; Coll. Le Livre de Poche 2011), roman. Prix Printemps du roman.*
Il faudrait s'arracher le cœur, *(Éditions de l'Olivier, 2012), une novella suivie de deux nouvelles.*
Des nuages et des tours, *(Éditions de l'Olivier, 2013), roman.*
Je t'emmènerai danser chez Lavorel, *(Éditions Fayard, 2014), poésie.*
La Mallette, *(Editions Cénomane, coll. « Mots-manbules », 2014), novella.*
Photos volées, *(Éditions de l'Olivier, 2014), prix Eugène-Dabit du roman populiste, roman.*
En passant (vite fait) par la montagne, *(Éditions Guérin, 2015), récit.*
Les Soirées chez Mathilde, *(Éditions de l'Olivier, 2017), roman.*
Le Grand Détour, *(Éditions Light Motiv, 2018), photographies de Charles Delcourt, récit accompagné de photos.*
Les Enveloppes transparentes, *(Éditions de l'Attente, 2018), poésie.*
Je veux rentrer chez moi, *(Éditions Stock, 2019), roman.*
Prix Maurice-Genevoix de l'Académie française, au titre de l'inspiration de l'œuvre.

Montagne

Jean-Marie Alfroy

Je l'ai trouvé par hasard le remède à l'écriture, la thérapie efficace, l'antidote absolu : la marche en montagne, ou, si l'on préfère, la randonnée. Je vivais seul dans une toute petite ville des Alpes du sud où j'avais été muté, à ma demande bien que je n'eusse pas envisagé sérieusement cette éventualité. Le printemps venu, je me suis décidé à sortir de ma coquille, à me chausser comme il convient, à mettre sur mes épaules un sac à dos, ce qui ne m'était plus arrivé depuis mon service militaire. Et puis j'ai fait comme on me l'a conseillé, j'ai acheté une carte IGN de la région, un topoguide, je me suis mis à étudier des itinéraires. Sur le papier, la montagne est facile : les sentiers sont tracés en rouge, les courbes de niveau – même les plus serrées – paraissent aussi franchissables que des boulevards et on se dit qu'avec un kilomètre tous les quatre centimètres les heures de marche ne seront pas bien longues.

Je me souviens très bien du hameau de haute montagne que j'avais choisi comme point de départ de ma première tentative : après avoir remonté en voiture la vallée puis fait une dizaine de kilomètres de route étroite en lacets, il fallait se garer sur une plate-forme dominant un ravin où coulait un torrent ; les maisons de pierre et de bois s'alignaient sur un adret – les gens de là-bas disaient un adroit – le long d'une venelle caillouteuse. Une toute petite église qu'ailleurs on aurait appelée une chapelle dressait dans l'air du matin son clocher à peigne ; l'une des trois cloches était bloquée de biais comme immobilisée dans une dernière et muette volée ; en montant, on ne pouvait pas ne pas remarquer l'arc sévère qui coiffait l'entrée du cimetière et portait une sentence qui, pour n'être point originale, ne laissait pas moins d'être convaincante : « Passants, nous avons été ce que vous êtes, vous serez ce que nous sommes ». Rien à ajouter, tout était dit.

J'ai levé les yeux vers les crêtes des sommets encore dans l'ombre mais déjà surmontés d'un ciel bleu qui n'était plus français mais italien. Mais oui, derrière ces éperons rocheux commençait l'Italie, la belle Italie de Venise, de Florence, de Rome que j'avais visitée autrefois ; pourtant, je savais bien que passé l'un des hauts cols je ne descendrais ni sur la place Saint-Marc au milieu des pigeons ni sur la place Navone autour des fontaines, que mon regard ne ferait qu'embrasser le même paysage alpin désolé, cloisonné en vallons glaciaires et en chaînons à l'échine bossue ou hérissée de chicots.

J'ai fini par rejoindre l'embranchement du sentier balisé qui devait me hisser vers la frontière, m'y suis engagé et dès la première seconde j'ai compris mon erreur. La montagne ne se donne pas à qui la veut mais à qui la mérite et, jusqu'alors, qu'avais-je fait pour la mériter ? Le sentier attaquait de front le revers de l'adret sans la moindre miséricorde et j'eus le souffle coupé. Pas après pas, je réussis à atteindre la première vire, puis en ahanant à monter jusqu'à un replat d'où je pus dominer les toits du hameau serrés les uns contre les autres, gris ou bruns selon que les tôles ondulées étaient neuves ou déjà rouillées par les pluies d'automne et les neiges de l'hiver. Cela ressemblait à une image que j'avais souvent examinée dans mon dictionnaire de latin, la tortue, *testudo*, cette formation défensive que les légionnaires constituaient en s'abritant sous leurs boucliers, sans doute pour s'abriter des tirs des archers ennemis. Oui, c'était bien cela, le hameau se ramassait en tortue, conscient de la menace que faisaient peser sur lui les pentes coupées de barres rocheuses, les ravines, les hauts sommets déchiquetés, sans parler des avalanches, des coulées de boue, des mélèzes déracinés, du vent d'Italie chargé de gros nuages ramassés sur le golfe de Gênes.

Après avoir repris mon souffle, je suis reparti sur une corniche un peu moins raide qui m'a conduit jusqu'à de nouvelles vires sur un épaulement exposé à l'ouest. Peu à peu, en regardant du côté du nord-ouest, j'ai commencé à apercevoir un autre massif que celui que je gravissais, à distinguer des pyramides et des dômes encore recouverts de névés, des clochetons enveloppés de nuées changeantes. Tout cela était d'une beauté qui n'avait rien de rassurant. J'étais en nage mais je frissonnais sous le vent qui forcissait ; le sac à dos commençait à me scier les épaules. D'après ma carte, je n'avais pas monté plus de trois cents mètres depuis le hameau, je me trouvais donc aux environs de deux mille deux cents mètres et je risquais de trouver la neige d'un moment à l'autre. Après tout, on n'était qu'au début de mai et certains m'avaient dit que c'était beaucoup trop tôt pour atteindre en toute sécurité le haut vallon glaciaire dont j'avais fait mon but. Je marchais depuis trois quarts d'heure au moins et je me sentais comme épuisé. J'ai posé mon sac, me suis assis comme j'ai pu, puis je me suis mis à croquer la tablette de chocolat que j'avais emportée. J'étais seul dans la montagne, loin de tout. Mes seuls compagnons étaient des choucas qui se laissaient dériver dans les courants aériens. Je n'avais pas rencontré une seule marmotte.

Soudain je vis des flocons voltiger devant mes yeux et je compris qu'il était urgent de redescendre : si la neige tenait au sol, je risquais de perdre les traces de mon sentier. En une demi-heure je dévalai jusqu'au torrent qui coulait aux pieds du hameau. Je trouvai un abri en m'adossant à une grosse roche grise, je remontai la fermeture de mon anorak, descendis ma casquette sur mes yeux et m'assoupis, bercé par le roulement monotone du torrent. Je crois que c'est à ce moment-là, juste avant d'entrer dans le coton de la somnolence provoquée par la fatigue et l'émotion, que je réalisai que le bonheur ne venait pas de l'écriture, mais de l'acquiescement à l'ordre du monde, fût-il impitoyable comme celui de la montagne. ■

E pericoloso sporgersi

Myriam Linguanotto

Tu dis : Elles non plus ne savent pas comment s'arrêter. Elles s'agrippent et dévient contre le vent qui les pousse le long du carreau. Froid d'un côté noir de l'autre. Sûrement parce que la frontière est là, à portée de bras. Tu dis encore : C'est à ça qu'on ressemble, des gouttes, éparpillées au lieu d'être plantées dans la terre où on est nées. Ton front est appuyé contre la vitre, ton coude calé sur la petite valise entre ta cuisse et la paroi du train. Un couple et deux enfants sont assis face à toi. Tu les as salués timidement quand tu es entrée dans le compartiment, pendant que ton père glissait les deux grosses valises sous la banquette avant de redescendre, avant de rejoindre ta mère sur le quai. Tu t'es assise sans même enlever ton manteau. Tu redoutais le départ, tentant de sourire à ton père, dehors, à ta mère qui te faisait signe de l'autre côté de la fenêtre. La pluie a commencé à tomber drue. Tu les as vus s'éloigner pour s'abriter sous l'auvent. Des gens couraient en tous sens. La vitre était cinglée de gouttes qui s'écrasaient intactes. Longtemps après que le train ait pris sa course, tu ne pouvais détacher tes yeux des rails des champs des prés des collines. Ta main droite nettoyait la buée de ton souffle, avec le reflet des arbres piégés sur la vitre, tes pieds froids. Le train roulait à n'en plus finir, des kilomètres puis des heures et toute la nuit jusqu'au matin où il s'est arrêté si longtemps. Deux hommes sont montés vérifier que tu étais en règle. Ils ont contrôlé chaque passager, plutôt deux fois qu'une, examiné tes papiers rangés dans la valise à côté de toi. Tes muscles sont raidis par l'assise que tu tiens depuis toute cette route. Dix-sept heures de voyage… autant compter les gouttes. Tu pourrais marcher dans le couloir pour te dégourdir les jambes. Cette nuit tu as à peine pu fermer l'œil. Le bruit du train, les secousses. Et tu n'as pas fait la moitié. Tu répètes à te faire peur : Batista est-ce qu'il sera à la gare ? Tu resserres ton gilet, détaches ton front de la fenêtre. Bien sûr, Batista c'est ton cousin. Tes valises, s'il ne vient pas, qui va t'aider ? Qui va t'accompagner ? Qui va te présenter à cette famille que tu connais à peine, avec laquelle tu vas vivre désormais ? Des prés noirs des silhouettes des toits… ça te fait penser à Campomolino. La saison est moins avancée. Avec ces collines trempées, ce froid humide, on ne dirait pas que le printemps approche. Tu as pris le plus possible sans trop charger. On ne sait jamais, si Batista n'est pas à la gare, qui va porter ? Quand tu penses qu'il a mis deux ans pour revenir. Il n'avait pas l'argent pour le billet. C'est surtout pour ton père, tes frères, tes sœurs. Deux ans c'est long. Mieux vaut ne pas y penser et être courageuse. Qu'est-ce que tu fais si Batista n'est pas là ? Il a dû être prévenu de ton arrivée. Tu as une bonne place et de la chance. Ce sont des gens sérieux, ton père te l'a dit et qu'il y a du travail. Une famille italienne de sept enfants avec les cinq frères associés au père. Deux sœurs aussi.

Tu les connais : Ce sont les premiers à être partis, ça fait au moins dix ans. D'abord l'aîné, Angelo, celui qui a ouvert la voie vers la France. Puis toute la famille. Et avant ça… le père et la mère au Brésil : ils y ont laissé un enfant sous la terre. Angelo et un autre sont nés après, revenus cinq ans à Campomolino. On dit que c'est le mal du pays qui ramène. Mais tout ça pour quoi ? Pour repartir encore et encore. Tu en as vu tellement. Ta mère t'a répété souvent qu'eux ils s'en sortent. Sur le quai, elle n'a rien dit. Elle avait l'air si fatiguée. Comment tu pourras avoir de ses nouvelles ? Elle est en bonne santé et il lui reste tes sœurs, Ozema et Giovanina, c'est tout ce qui compte. Quand tu penses qu'elle s'inquiétait. Elle a fait ça tu te demandes. C'est fini maintenant. Ton père a tout arrangé : C'est mieux comme ça, il a dit, il n'y a pas assez de travail ici, on est nombreux, tes sœurs sont engagées. Toi aussi tu aurais pu l'être, mais ta mère, elle en a décidé autrement. Qu'est-ce qu'elle voulait pour toi ? Tu es forte, courageuse. Ne plus y penser, ça ne sert à rien. Tu te souviens encore : Ton père, il est même allé voir le curé pour qu'il écrive la lettre. Cette lettre pour dire que tu pouvais servir cette famille en France, même s'il n'aime pas les curés, ton père a fait écrire cette satanée lettre. Tu n'as pas à te plaindre, c'est une bonne place. Il y a beaucoup de travail, tu as l'habitude. Regarder devant toi, c'est ce qu'a dit ton père. À quoi il faisait allusion ? Même s'il n'a pas prononcé son nom, tu te doutes bien. Est-ce qu'il a fait ça pour toi ? Ou alors pour ta mère ? C'est elle qui a tout organisé. Manigancé. Elle te disait tout le temps : Non, pas lui. Elle te le disait et te le redisait. Mais qu'est-ce qu'elle en savait ? Au début, tu ne voyais pas plus clair que dans le cul d'une poule. Tu as fini par comprendre et ça te dégoûte. Tu serres les dents. La pluie continue à tomber, la pluie qui brouille tout. Heureusement, il y a Batista. Il est gentil Batista. Quand vous étiez petits, vous jouiez ensemble. Tu te souviens, c'était avant. Et maintenant, toi, où tu es avec ce train qui s'arrête encore ? Et personne qui attend sur le quai, pratiquement désert. C'est un village, des maisons, si tu pouvais comprendre les pancartes. Il faudra parler français, pour les courses au moins, même si au début, tu ne les feras pas. Tu apprendras. Petit à petit. Tu as de la chance, toute une famille qui travaille dans la ferraille. Ils ont réussi. À Campomolino, ils étaient pauvres. Maintenant ils prennent quelqu'un pour les aider. La mère seule avec ses deux filles pour toute cette famille, elle ne s'en sort pas. Toi tu es robuste. Tu frémis parce qu'il pleut toujours. Le paysage s'égoutte, gluant, délavé comme une eau-forte.

Tu observes : Ces gens en face de toi, tu les as à peine vus en arrivant. Cette nuit, tu écoutais leur respiration, ils ont l'air brave. Ils ont compris que tu ne parles pas français. Leurs enfants sont sages. Pas un mot, même si c'est long. Ça n'en finit pas. Tu entends les rires dans le compartiment d'à côté. Ils parlent. Ils sont italiens. Si tu étais avec eux, tu pourrais discuter, penser à autre chose. Au moins ils sont ensemble. Ton père t'a dit de rester à ta place. Tes valises, tu dois faire attention, on ne sait jamais. Tu bougeras pour aller aux toilettes. Encore combien d'heures ? Tu préfères ne pas savoir. Et Batista, est-ce qu'il sera à la gare ? Si tu travailles bien ils te donneront de l'argent pour le voyage. Pour rentrer. Dans deux ans ou trois… ça sera trop tard trois ans… Quand tu penses… tout ce que tu as imaginé. Tu aurais pu être heureuse. Ça ne se fait pas, t'éloigner à cause de lui. Ton père n'a rien dit, c'est ta mère qui a tout combiné. Tout. Elle a tout décidé. Toi tu le sais qu'il n'a rien. Ses frères oui, les pauvres, déjà un est mort, l'autre pas très vaillant. Mais lui… Lui ton amour… Il est en bonne santé, tu le sais. Pourvu qu'il le reste, c'est tout ce que tu veux pour lui. Tu ne t'en remettrais pas, si loin de lui. Tu ne dois pas te plaindre, tu dois être forte. Ton père te l'a dit et le curé aussi et tes sœurs et ta mère. Et si tu rates la gare ? Batista sait que tu dois arriver. Tu as des francs au cas où, ta mère les a mis avec les papiers et l'adresse dans la petite valise. Si tu essayais de dormir. Tu observes toujours : On dirait que le train est plein. Qu'est-ce qu'ils font tous ces gens ? Ils vont voir leurs familles ou bien ils partent, comme toi. Ça n'arrête pas. Les gouttes qui grossissent les rivières qui se jettent tout un océan au lieu de grandir sur place. Il faut que tu sois en forme quand tu arrives. Il y aura de quoi faire avec toute cette famille. Ta mère pleurait. Elle t'a dit d'être forte et que là-bas c'est mieux. Il y a de quoi bien manger et faire sa vie. Au village il n'y a rien. C'est comme ça. Tous ceux que tu as vu partir. Mais au fond toi tu sais que ça n'a rien à voir. Si tout pouvait s'arrêter et continuer comme avant mais ce qui s'est passé… autant oublier. Tu mangeras plus tard, tu as du pain, du fromage et du lait. Ta mère a préparé ça pour toi. Elle avait l'air triste. Ton père aussi. Tu as bien vu, même s'il ne voulait pas le montrer. Il dit qu'on ne peut pas, on n'a pas le choix, c'est la vie. Peut-être t'es-tu demandé : plus tard qui saura vraiment ? Qui comprendra ? On dira que tu es partie pour travailler. Et qui s'en souciera ? Toi-même, est-ce que tu t'en souviendras ?

Tu tais : Cet amour quand tu me racontes ton voyage, des années plus tard. Cinquante-trois ans exactement, j'en ai dix-huit. Nous sommes assises l'une en face de l'autre un midi d'automne à Paris. Quelques semaines plus tôt nous sommes allées à Campomolino. Tu venais de perdre ton mari, mon grand-père, car finalement tu as épousé un fils de la famille dans laquelle tu es venue travailler. Tu as fait ta vie ici en France avec les enfants que tu as eus. Trois fils. Cinquante-trois ans plus tard tu fais le voyage au village avec deux de tes petits-enfants. J'y suis allée rarement. Je n'ai aucun souvenir. Toi tu y es retournée mariée, plusieurs fois. Etait-ce un tourment de te rappeler de ton amour ? J'ignore tout de ton histoire quand, devant les dalles du cimetière de Campomolino, tu nous racontes qui git-là. Est-ce que son nom est gravé quelque part ? Est-ce qu'il est toujours vivant ? L'as-tu croisé dans les rues ? Le sol sous mes pieds ferme des strates généalogiques, tous ces noms entendus inconnus, tous ces noms convoqués de l'histoire familiale. Si j'avais su t'écouter, et maintenant plus personne pour en parler. Plus tard le repas chez ta filleule, toi toujours digne et droite et fière, et moi muette sous les yeux attablés dont les prénoms s'évaporent aussitôt prononcés. Muette des mots italiens lestés au fond de moi. Muette de cette langue que j'apprends depuis deux ans au lycée, qui se dérobe encore aujourd'hui. Et toi muette de ton secret. Ta mémoire cachée cautérisée. Celle de l'avant, de l'autre pays. Ta langue d'un côté de la frontière. Tu en as gardé des fragments que tu mêles au français, certaines intonations. Brava t'exclamais-tu parfois à la fin d'une discussion, courageuse ainsi que je l'appris plus tard. Et toutes ces larmes que tu as dû verser. Brava. Ce mot que tu ressasses dans le train. Brava. Ton arrivée en France. Le 7 mars 1931. La date, tu me la répètes deux fois, yeux écarquillés. Tu te revois dans ce train qui file sur la voie. Tu évoques l'arrivée quand tu penses à ta famille. Et moi ce midi d'automne à Paris, je déjeune sans perdre un mot de ce que tu me dis. Tu me lances : deux ans sans voir ses parents c'est long. Tu ajoutes encore : j'avais de la chance. Faire à manger. Laver le linge. Nettoyer le sol. Je savais faire. Une grande maison et tous ces escaliers à monter et descendre, près de Paris. Tu me parles et tu caches quelque chose. Cet homme que tu as laissé. Ton amour. Peut-être l'as-tu oublié. Enfoui. Pour l'heure dans ce train tu cherches le nom de la ville où tu vas habiter. Tu ne t'en souviens pas. C'est différent là-bas. Batista dit qu'il n'y pas de champs, pas d'animaux, des maisons, les usines. Tu te demandes comment c'est et combien d'heures encore à passer dans ce train… Et Batista, est-ce qu'il sera à la gare ? Tu as tellement pleuré ces dernières semaines, en te cachant. Parce que tu sais que tu as de la chance, que c'est une bonne place. Batista il parle même français maintenant. Quand il est venu te voir au village il a dit des phrases. C'était drôle vous avez ri. Il y a des mots qui sont pareils. Ton père t'a dit que tu apprendrais vite parce que tu n'es pas bête. Je sais que tu as appris pour ceux qui sont venus, ceux que tu as aidés quand il fallait faire les papiers d'identité. Tu te répètes qu'il faut être patiente en imaginant cette famille qui va t'accueillir. Eux aussi ils ont tout quitté. Tu t'en souviens, brava. Hier matin tu étais à Oderzo puis à Venise pour prendre le train.

Est-ce que tu reviendras ? Et lui, cet homme dont j'apprendrai l'existence vingt ans après ta mort, au hasard d'une conversation avec ta sœur Ozema, est-ce que tu le reverras ? Ta mère, elle redoutait la tuberculose. Elle ne voulait pas de cet homme pour toi. Déjà le frère ainé de cet homme, mort de cette maladie, l'autre affaibli. Elle a eu peur. Est-ce que tu lui en voudras souvent ? Deux ans. Tu resteras deux ans sans lui parler. Elle a trouvé une solution, ça tombait bien, ils avaient besoin de quelqu'un pour les servir, et toi tu faisais l'affaire. Pourtant tout ce que tu avais imaginé avec lui dont on ne connaîtra jamais le prénom. Ta sœur Ozema cherche au plus profond d'elle-même en me racontant cette histoire. Impossible, elle ne sait plus. Et toi qui t'en éloignes en te retrouvant là, soudain, dans ce train, ta mère sur le quai qui t'a serrée dans ses bras, qui t'a dit d'être forte et courageuse. Brava, tu lui manques déjà. C'est important la famille. Tu ne dois pas l'oublier. ■

L'inondation

Anne de Margerie

« On dit qu'il y a trois façons de se ruiner pour un gentilhomme : le jeu, les femmes et les jardins. Des trois, la plus sûre c'est le jardin. »
Proverbe anglais

Cette année-là, le Rhône se mit en colère. Lui qui était si docile depuis tant d'années prit des libertés folles. Il se couvrit de vagues, inonda la Barthelasse, Aramon, Valabrègue et alla jusqu'à mouiller les remparts d'Avignon. Les jeunes de la région découvrirent avec étonnement des gestes que les vieux retrouvaient comme par magie : monter les meubles au premier étage, sortir les barques et les pelles en prévision de la décrue… Et surtout ne plus parler que de « ça » ! On évoqua le bon vieux temps celui d'avant le barrage où tous les hivers, ou presque, on avait « les eaux ».

C'est cette année-là que Geneviève décida de quitter Paris pour s'installer définitivement à Villeneuve. La maison sur la colline était rustique. Mais elle avait un grand jardin. Le rocher n'était pas loin et le mistral emportait régulièrement le peu de terre que romarins et lavandes essayaient de retenir avec acharnement. Année après année, à force de patience et de passion, elle en avait cultivé chaque centimètre carré.

Douze ans plus tôt, son mari qui l'avait toujours trompée comme dans un bois, était parti avec une jeunesse aux dents longues. Leur mariage avait quand même duré vingt-cinq ans. Ils s'étaient rencontrés aux Beaux-Arts, étudiants en archi tous les deux, et s'étaient mariés avant la fin de leurs études parce qu'elle était enceinte. Lui s'était alors associé avec un ami. Au début Geneviève allait régulièrement les dépanner quand ils étaient charrette. Puis elle s'initia à la comptabilité, répondit aux lettres, envoya les devis, bref elle devint la secrétaire-comptable d'un mari qui lui donnait de l'argent pour entretenir la maison, mais ne payait pas sa secrétaire. Après leur divorce, une amie lui trouva un poste… de secrétaire qu'elle accepta aussitôt. Dans le partage avec son mari elle prit la maison du midi, il garda l'appartement parisien. Elle s'installa dans un studio, mais Villeneuve devint son point d'ancrage. Ses journées étaient bien remplies. À peine arrivée, elle enfilait un vieux pantalon, des bottes en caoutchouc ou des tennis selon le temps et la saison, et elle taillait, plantait, désherbait. Regarder avec délice les buissons se couvrir de fleurs au printemps, la glycine qui embaumait, puis le chèvrefeuille, le jasmin, les lavandes… Le soir, elle se plongeait dans des revues de jardinage avec la gourmandise d'un enfant privé de sucreries devant un magasin de bonbons. Les visites chez le pépiniériste tenaient lieu de théâtre et de cinéma.

Pendant douze ans sa vie à Paris fut monacale. Elle se levait à six heures du matin pour aller travailler dans la banlieue nord. Le soir elle rentrait fatiguée, dînait rapidement, regardait trois images à la télévision et se couchait rarement après dix heures. Sa fille Myriam, avec qui elle n'avait jamais eu beaucoup de complicité, avait pris fait et cause pour son père et ne donnait plus de nouvelles. Geneviève s'était endurcie pour se protéger.

Il lui arrivait de passer des week-ends avec des amis. Sac à dos et chaussures de marche, ils allaient en forêt de Fontainebleau, de Senlis ou de Compiègne. Elle adorait ces rares sorties qui lui permettaient de rencontrer d'autres gens que ses collègues de bureau, sans toutefois avoir besoin de parler. Elle restait silencieuse pendant les marches et muette pendant les piqueniques. Avec ses cheveux courts et frisés, elle avait gardé l'allure d'une jeune fille que l'âge aurait surprise en pleine adolescence. Sa voix grave exerçait un charme immédiat. Ses yeux bleus et rieurs ne cherchaient plus à séduire qui que ce soit. La séduction n'avait jamais été son fait. Elle avait trompé son mari une fois. Une seule fois, bien décevante d'ailleurs. C'était des années plus tôt et cela n'avait duré qu'un mois. L'adultère n'était pas pour elle. Cette porte entr'ouverte et aussitôt refermée lui avait ôté toute envie d'aller voir ce qui se passe entre hommes et femmes.

Les fleurs, elles, ne parlaient pas, du moins pas à voix haute. Le dialogue qu'elle entretenait avec son jardin lui convenait même si, par moments, son goût de la solitude l'affolait un peu !

Une fois à la retraite donc, elle quitta Paris pour Villeneuve. Le déménagement fut relativement simple. En dix ans elle n'avait pas accumulé trop de traces de son passé. Elle entassa livres, vêtements et vieux papiers dans les placards de Villeneuve. Quand tout fut en ordre c'est en elle que le désordre s'installa. Elle fut terrassée par une de ces « dépressions-qui-n'arrivent-qu'aux-autres » et qu'elle ne comprit pas tout d'abord. Cela commença par des larmes en cascade, incontrôlables. Puis les larmes furent suivies d'un dégoût de tout, d'une atonie complète. Tout lui devint surhumain. Le moindre geste était une douleur. Sortir de chez elle provoquait un désarroi intérieur proche de la panique. Une amie de passage l'obligea à prendre rendez-vous chez le médecin local. Il ne mit pas longtemps à comprendre ce qui se passait : la solitude, l'absence de ressources, l'attachement à cette maison… Avec des mots simples il lui expliqua que n'importe qui, dans des circonstances analogues, réagirait sans doute encore plus mal. Puis il chercha avec elle ce qui pourrait la faire vivre. Il la suivit pendant plusieurs mois, dosa soigneusement les pilules qu'elle prit avec l'application d'une bonne élève et, un matin, Geneviève se réveilla avec une sensation de faim. Cela ne lui était plus arrivé depuis des mois.

Ce jour-là, le mistral soufflait en rafales. Le ciel bleu et le froid de glace lui rappelèrent qu'elle n'avait pas encore rentré les géraniums, ce qu'elle fit. Elle découvrit alors que son jardin était en piteux état. Elle n'y avait pas touché depuis plusieurs mois, cela l'attrista, mais cette tristesse au lieu de l'abattre lui fit faire un bond. Elle remit de l'ordre et commença à chercher comment compléter sa retraite plus que modeste. La mode était aux jardins. La région regorgeait de vacanciers qui, trois fois par an, se ruinaient chez son ami le pépiniériste et qui, une fois partis, laissaient tout griller jusqu'à leur séjour suivant. C'est lui, le pépiniériste, qui la poussa à monnayer ses doigts verts. C'est lui aussi qui lui trouva son premier client. Au cours de la première rencontre elle fut troublée quand on lui demanda le montant de ses honoraires. Elle répondit : « Rien pour faire un crayonné rapide, on verra ensuite. » Cela lui laissait le temps de réfléchir !

Le jardin lui plut d'emblée. Il était petit, clos de mur. Bien qu'abandonné depuis trois ans il avait été bien planté et n'avait pas trop souffert. Rentrée chez elle, elle se précipita sur sa boîte d'aquarelles et fit deux projets. L'un strict, rigoureux, dans une subtile gamme de verts. Il était fait de buis taillés, de romarins, de lavandes, de santolines, demandait peu d'eau et relativement peu d'entretien. L'autre, plus romantique, plus anglais que provençal, était coloré et fait de fleurs annuelles. Il demandait de l'eau dans ce pays qui, en dehors du Rhône, en avait fort peu et, si possible, un jardinier. Ce fut sa chance.

C'est ce dernier projet qui fut retenu. Elle travailla des heures pour choisir les plantes une à une. Tout comptait : la forme, l'odeur, la couleur, la saison de floraison… puis elle trouva un ouvrier tunisien pour creuser et préparer la terre et, à deux, ils plantèrent. Sa cliente, une parisienne un peu fleur de bitume, ne connaissait rien aux plantes, mais ne demandait qu'à apprendre. Elle fut enthousiasmée par le résultat. Elle le dit autour d'elle. On confia un deuxième jardin à Geneviève, puis un troisième et sa vie reprit la couleur des matins provençaux. Une couleur tendre et douce entre rose et bleu. Chaque fois elle créait un espace et se chargeait des plantes et de leur entretien. Le jeune Tunisien qu'elle avait embauché ne travaillait plus que pour elle. Elle avait confiance en lui. Lui en elle. Elle sortait peu, vivait dehors, était devenue comme une reinette toute ridée et n'avait pas d'homme dans sa vie. Le Rhône ne se calmait pas ! La météo n'annonçait d'ailleurs rien de bon. Toujours de la pluie et une inquiétude grandissante pour les villages en bordure du Petit-Rhône. Les digues lâchaient une à une et la ronde des hélicoptères secouristes était incessante. On en vit même qui transportaient dans les airs des chevaux surpris par l'inondation. La maison de Geneviève ne craignait rien, mais ses amis de Barbantane devaient avoir les pieds dans l'eau. Elle fit trois courses au supermarché qu'elle détestait. Il se trouvait sur sa route, et elle sonna chez son amie Gladys. Elles déjeunèrent ensemble puis allèrent examiner le jardin. Il était détrempé. Gladys devait partir pour dix jours et elle confia à Geneviève une double inquiétude : l'eau bien sûr, mais aussi leur ami voisin. Elle donna peu de détails, juste l'essentiel : un nom, une adresse, un numéro de téléphone et quelques repères. Marc avait soixante-dix ans, il était veuf depuis deux ans et n'arrivait pas à reprendre goût à la vie. Il était peintre, dessinait admirablement. Il aimait les fleurs et la Provence. Mais sa douleur était terrible à voir. Depuis la mort de sa femme, Gladys et son mari l'avaient pris en charge. Ils passaient chez lui deux fois par semaine et lui apportaient de quoi se nourrir. Ils ne s'arrêtaient pas longtemps, parlaient peu ou pas. Gladys considéra la venue inopinée de son amie comme une bénédiction. Elle la savait silencieuse et discrète. Elle n'importunerait pas Marc. Elle le lui confia.

Geneviève oublia la première visite. Elle travaillait dans un grand jardin qui accaparait toute son attention et trois jours passèrent sans qu'elle pense à se manifester. Quand elle se réveilla, elle appela chez le peintre. La voix était grave et ferme. Il n'avait besoin de rien, surtout pas de visite. Elle raccrocha. Deux jours passèrent. Elle ne téléphona pas, mais elle fit des courses et elle se présenta à la porte de celui dont elle ne connaissait que le nom. Elle se sentait gênée et un peu affolée d'avoir accepté une tâche dont elle ne se serait pas sentie capable quelques mois plus tôt. Elle comptait déposer ses courses et repartir aussitôt. C'est l'arrivée de la nuit qui lui fit prendre conscience du temps passé en compagnie de celui qui était un inconnu quatre heures plus tôt. Dans la voiture qui la ramenait à Villeneuve elle se remémorait ces quelques heures. Il était venu lui ouvrir avec un pinceau dans la bouche et une palette dans la main gauche. Elle l'avait supplié de ne pas s'interrompre, avait déposé ses paquets dans l'entrée comme il l'en avait priée, puis il lui avait demandé de le suivre dans son atelier. Il lui avait montré un fauteuil recouvert d'une couverture et elle avait regardé, sans rien dire, cet homme voûté travailler avec acharnement. Au bout d'un temps relativement long il avait secoué son pinceau dans une drôle de petite bouteille et s'était tourné vers elle avec un sourire timide : « Je vous demande pardon. Je ne voulais pas perdre mon idée. Merci de ne pas m'avoir interrompu. » Que se passa-t-il alors ? Elle ne put retrouver l'enchaînement des mots. Elle avait dû lui demander de parler de lui et cet homme, qu'on lui avait dit muré dans un silence glacé, s'était mis à parler sans s'arrêter. Elle pensa qu'il débordait comme le fleuve. Elle rentra chez elle en hâte alors que personne ne l'attendait. Elle avait besoin du calme de sa maison. Elle se coucha très tôt, rêva que son jardin était devenu immense et qu'elle était un papillon qui n'arrivait pas à se poser.

Elle ne retourna pas voir le peintre pendant toute la semaine qui suivit. Elle n'osait pas appeler. Etait prise de timidités successives et trouvait toujours quelque chose à faire quand elle s'était enfin convaincue de tenir la parole donnée à son amie.

C'est un hasard qui la mit de nouveau sur sa route. Un matin au téléphone une voix inconnue demanda à parler à Marc. Elle répondit qu'il n'y avait pas de Marc à ce numéro-là. Mais la voix, une voix d'homme jeune et sympathique, insista. C'était Gladys Péreire qui lui avait donné ce numéro en lui disant d'appeler de temps en temps. Elle dut avoir un sourire dans la voix pour demander si ce Marc en question ne ferait pas de la peinture par hasard ? La voix demanda avec le même sourire : « Vous ne voulez vraiment pas me le passer ? » Elle regarda son carnet, donna le numéro de Marc à celui qui ne s'était toujours pas nommé et lui conseilla d'essayer pour voir s'il aurait plus de chance à ce numéro-là. Quand elle raccrocha, elle était gaie comme un pinson et prête à s'activer dans son jardin qui souffrait de la pluie incessante. Une demie-heure plus tard le téléphone sonna de nouveau. C'était la même voix. Elle la reconnut aussitôt. Il s'appelait Antoine et venait de parler à Marc. « Je crois que votre visite lui ferait plaisir » dit-il. « Comment peut-il avoir envie de ma visite, vous ne savez même pas qui je suis ! » « Vous êtes Geneviève et j'ai cru comprendre que vous deviez passer à Barbentane la semaine dernière et que vous ne l'avez pas fait ! Vrai ou faux ? » « Vrai » dit-elle. « Je ne suis pas sûre de très bien comprendre, mais vous avez raison sur un point en tout cas, je m'appelle bien Geneviève, même si ça ne prouve pas grand-chose et nous connaissons le même Marc qui habite Barbentane ». Elle mourait d'envie de comprendre comment son nom était venu entre les deux hommes. Elle prit le temps de se changer, de se maquiller et partit vers le supermarché d'Avignon. Peu après elle sonna à la porte du jardin de Marc. Il mit longtemps à venir lui ouvrir. Assez pour qu'elle craigne tout et son contraire. Elle voulait ignorer que son calme n'était qu'apparent et que l'absence de Marc la décevrait. Le sourire qui l'accueillit était tel qu'elle regretta aussitôt ses hésitations, tergiversations et autres timidités. Pour la deuxième fois il l'entraîna dans son atelier. Elle prit cela pour ce que c'était, une preuve de confiance. Elle s'assit dans le même fauteuil, mais Marc ne se remit pas au travail. Il s'assit face à elle sur son tabouret. Il tournait le dos à son chevalet sur lequel était posée une grande toile. Il avait commencé à dessiner, mais les traits de crayon noir étaient trop faibles pour qu'elle puisse lire quoi que ce soit. Elle ne posa pas de questions. Elle attendit. Il mit longtemps à faire une allusion rapide au coup de téléphone d'Antoine. Il se contenta de dire : « Décidément Gladys avait peur que je me laisse mourir de faim et d'ennui, mais je ne lui en veux pas, bien au contraire. » Geneviève lui avoua alors qu'elle avait fait un grand marché, que le coffre de la voiture était plein et qu'elle serait ravie de lui donner le tout pour qu'il puisse continuer à travailler sans avoir à se préoccuper de faire des courses. Ils transportèrent le tout dans la grande cuisine qui était glaciale. C'est elle qui remplit le réfrigérateur dont le vide était désolant, puis elle annonça qu'elle devait rentrer à Villeneuve. Il insista pour qu'elle reste encore un peu, ils pourraient dîner ensemble ? Il y avait tout à fait de quoi se nourrir à deux. Geneviève refusa. Il en fut déçu clairement. Elle prétexta n'avoir pas fermé la porte de son garage. L'excuse n'était pas très solide, mais il n'insista pas.

Sur le chemin du retour, Geneviève fit un grand détour pour voir si le Rhône avait commencé à descendre comme le lui avait annoncé le facteur. Le fleuve n'était qu'un tourbillon boueux.

Le lendemain elle se leva de très bonne heure avec une énergie dont elle ignorait la source. Elle était gaie, avait envie de s'affairer pour que son jardin puisse traverser ces temps mouillés sans trop souffrir. Ce qu'elle fit. Elle pensa beaucoup à Marc, se dirigea à plusieurs reprises vers le téléphone, revint chaque fois sur ses pas en rougissant. Elle avait envie d'entendre sa voix mais ne pouvait se résoudre à faire le premier pas. Elle avait eu un signe, mais cette fois-ci c'était à lui de l'appeler. Elle était décidée à attendre. Le silence dura une semaine. Une semaine longue, interminable où la pluie ne céda que pour laisser la place au mistral. Au moins cela sécherait toutes les flaques qui transformaient la Provence en une Normandie d'un vert agressif.

Le téléphone sonna ce soir-là. Elle avait devant elle une semaine chargée : trois nouveaux jardins à étudier. Elle tendit cependant l'oreille comme si elle ne voulait pas perdre un souffle de cette voix qui lui plaisait. Marc l'invitait à dîner le lendemain et elle ne pouvait pas prétendre qu'elle serait en train de jardiner. Elle accepta et chercha immédiatement dans sa tête ce qu'elle allait mettre comme si elle avait dix-huit ans. Le dîner fut délicieux. Il ne savait manifestement pas faire la cuisine, mais il accepta de se faire aider. Il avait mis le couvert dans l'atelier. Le raffinement des couleurs l'enchanta. Les assiettes étaient toutes différentes, les verres aussi. L'harmonie générale les mit en appétit. Ils parlèrent beaucoup, longtemps et elle découvrit, lui aussi sans doute, le plaisir d'être tout neuf aux yeux de quelqu'un. Il ne connaissait rien d'elle. Elle, rien de lui. Tout ce qu'elle disait l'étonnait, tout ce qu'il racontait l'enchantait. À minuit elle se leva. Il la raccompagna à regret. Garda sa main un peu plus longtemps que nécessaire. Elle se demanda si elle ne rêvait pas, ne trouva le sommeil que vers deux heures du matin et téléphona le lendemain pour le remercier de cette soirée, pour entendre sa voix, peut-être pour tenter de savoir quand elle le reverrait. Elle se contenta de dire qu'elle l'attendait chez elle, car il ne connaissait pas sa maison. Il lui dit qu'il serait ravi de venir. Ils décidèrent de se rappeler sans préciser quand. Gladys rentrait de Paris le lendemain. Le temps chez Geneviève avait pris un autre rythme, une autre densité sans qu'elle s'en rende compte. Aussi quand son amie l'appela, elle eut un léger pincement au cœur. La liberté qui lui avait été donnée en échange d'un service devait maintenant changer de nature. Elle ne raconta rien de ce qui l'agitait. Elle se contenta de dire que tout s'était bien passé en son absence et que leur ami Marc était aussi charmant que sauvage. Gladys la remercia beaucoup. Geneviève n'avait rien dit pour deux raisons. L'une était claire : elle tenait à son secret. L'autre était plus enfouie. Elle attendait et espérait les réactions de Marc. Elle attendait et espérait apprendre par Gladys tout ce qu'ils ne s'étaient pas dit. Ni elle, ni Marc ne l'appelèrent. Alors elle renoua avec la solitude, ses jardins et elle s'interdit de continuer à alimenter son imagination des moments heureux de Barbentane.

Un soir cependant où elle s'était allongée dans une chaise longue pour souffler après une journée bien remplie, on sonna à sa porte. C'était Marc. Un peu encombré de lui-même, mais souriant et ouvert. Il ne dit pas grand-chose. Qu'il s'excusait d'arriver à l'improviste. Que le Rhône baissait, heureusement. Qu'il avait vu Gladys, ravie de son séjour à Paris. Quand ils eurent passé en revue toutes les nouvelles attendues, il baissa les yeux et lui dit d'une voix devenue plus faible qu'il n'en pouvait plus d'attendre. Qu'il avait espéré chaque minute un appel ou une visite et qu'il ne supportait plus de ne pas savoir si, de son côté, elle avait pensé à lui. Geneviève rougit comme une adolescente Elle ne leva pas les yeux pour ne pas croiser son regard. Elle se contenta de lui dire qu'elle avait chassé de son esprit toute attente par peur de souffrir si jamais... L'émerveillement dura tant et tant qu'ils ne purent plus se passer l'un de l'autre. Ils ne dirent rien à personne car le secret leur convenait. Ils gardèrent leurs deux maisons. Avec l'âge ils avaient appris qu'il est sage de garder un refuge. Mais quand le Rhône regagna son lit, Geneviève quitta le sien pour celui de Marc. ■

Ce que Dieu n'a pas dit

Daniel Juré

Nous avions été rattrapés par l'adversité. Le bel atelier loué pas cher nous était repris.

Les quotidiens d'alors en témoignent « L'atelier du peintre au jardin joli » ou bien encore « Au centre de la ville, la campagne ». Loft improvisé en un abri de jardin qui en marge de la bienséance civile et les lois avait été agrandi au petit bonheur sans permis de construire aucun. Le propriétaire foncier, un salarié d'usine mis au chômage, avait gagé son bien auprès des banques et tenté sa chance dans la restauration. La tambouille prolétarienne n'avait pas fait recette, la lettre du notaire était formelle : à moins d'honorer le droit de préemption nous étions à la rue.

« S'il est plus facile à un chameau de passer par le chas d'une aiguille qu'à un riche d'accéder au paradis » il est plus difficile encore d'accéder au bail locatif sans fiche de salaire ni garantie d'aucune sorte dans un monde impie.

En l'espace de trois années la ferveur à l'œuvre avait été mirifique au point qu'il fallut un camion « grand volume » de dix tonnes pour déménager le travail accumulé. Le camion, un frigorifique conduit par un camelot qui d'ordinaire déballait sur les marchés et qui avait accepté la course pour un salaire avantageux s'en était allé devant, nous l'avons suivi avec l'estafette Alouette chargée à la tzigane : Le Mans, Tours, Limoges, Clermont-Ferrand, Rodez, Le Viala du Tarn, Le Minier – par un beau soir de mai.

⋆

Nous avons emménagé dans la première maison du hameau, juste après le tournant devant le grand noyer au père Hérail. « La maison de », que nous loua à l'amiable les quatre saisons de l'année 1991.

Épaulée à la colline, toute bâtie en pierres ferreuses qui rouillent, une maison carrée dont les fondations sont construites sur une cave voûtée comme un four à pain. L'âtre armorié y est immense et c'est encore une voûte où se loge le foyer. Par un escalier extérieur on accède à l'étage où se définit l'habitation : une pièce au bout d'une coursive où se tient l'âtre que j'ai dit au premier palier, une chambre sous le toit.

De rouille et de cendre, une maison de rouille et de cendre qui jadis fut la demeure des maréchaux-ferrants du hameau. Songe creux acculé à la haine de soi, pauvre, j'avais repris le chemin d'un autre exil, l'ancien, celui des maudits.

⋆

L'Aveyron, certainement, l'été en villégiature… quand le bleu règne sans partage et sans souci sur les cimes mamelonneuses du Causse Méjean qui va s'apaisant entre Sainte-Foy-de-Conque et Saint-Beauzély, Jacquets en goguette vous auriez beau jeu de bénir le nom du Seigneur et vous auriez raison. Non loin le Tarn que retient un barrage à Pinet offre un plan d'eau spectaculaire aux reflets émeraudes aux crépuscules des matins et des soirs quand les châtaigneraies voisines en fleur bourdonnent, que les torrents gonflés des ondées printanières répandent leur lait mousseux sur les micassures des lauzes vous seriez assurément les témoins du premier matin du monde.

À la fin de l'été une exposition fut organisée dans les trois niveaux de la mairie qui rouvrait après rénovation. J'y installai le meilleur de ma peinture d'alors et pour une durée de trois mois. Les villageois du canton, un triangle géographique situé entre Saint-Beauzély, Saint-Rome-de-Tarn et Le Viala-du-Tarn auront reçu l'invitation rédigée de la sorte : *Monsieur l'abbé Cazottes, Jean-Claude Gineste maire du Viala-du-Tarn ont le plaisir de vous convier au vernissage etc. exposition ouverte au public du 7 septembre au 30 novembre en l'église et la mairie du Viala-du-Tarn.*

Ils furent nombreux et enthousiastes, ô combien, ces villageois au parler âpre et grasseyant qui roule comme les galets des torrents et chante comme le menu flot tout à la fois. D'abondance il y eut à boire et à manger, on se pressait sur la place entre l'église et la mairie. Une heure avant l'ouverture de la cérémonie j'avais rencontré l'abbé Cazottes arpentant la place, bréviaire ouvert en main telle une colombe aux ailes éployées sous le ciel de Dieu, qui venait à ma rencontre au bord d'un commencement de panique devant le nombre des conviés, il me confia son embarras : « en Art je suis un bleu et s'il y a des journalistes… qu'est-ce que je vais leur raconter ? » Ém📐 de sa timidité je l'avais apaisé, à nouveau nous entrions dans l'église où ma « vision de la Cène » (c'était son propos) avait été installée au plus beau de l'été, « pour les touristes… ». Ainsi avait-il fait paraître une petite notice dans le bulletin paroissial. Son dithyrambe, bien mené, se concluait en crescendo : « une œuvre percutante et déroutante ». Je l'avais lu, je l'avoue contrition faite présentement, avec un fort accent aveyronnais bouffon.

L'œuvre composée en triptyque mesure sept mètres et s'impose en effet…

Au cours de l'office dominical qui suivit l'installation de *La Sainte Cène* en l'église Saint-Roch l'éloge que fit l'abbé Cazottes « de l'inspiration » me valut l'adhésion des fidèles après cette grand-messe. L'éloge revenu aux oreilles attentives de monsieur le maire, la riposte ne se fit pas attendre. Entrant en rivalité laïque la République organiserait une magistrale exposition en mairie.

Selon l'ordre temporel, et peut-être transcendantal, l'avantage revenait de droit cependant à l'abbé dont le patronyme figurait en premier sur le carton – invitation qu'on avait à l'économie et bellement tirée sur papier photo baryté, le format 13 x 18 replié non sans prestige officiant à l'idéal.

Katia avait installé un petit labo dans un débarras que l'on dit souillarde ici.

« Cazottes » le bien nommé me ravissait en son homonymie, relayant l'autre Cazotte né en 1719, mort sous la guillotine en 1792, auteur du *Diable amoureux*.

Chaque jour je me suis rendu à l'exposition. Depuis l'ouverture personne n'y était plus venu. Le silence des pierres, le vol en spirale d'un rapace sur le palissant ciel d'octobre, la solitude immuable des montagnes et les œuvres aux murs des salles vides rivalisaient d'absence. Une ferveur était visiblement anéantie.

Prenant court par la ravine abrupte qui monte au Viala il n'y a guère qu'une demi-heure de marche. À mi-chemin le sous-bois fait un découvert et l'on peut s'orienter, ou s'appesantir à contempler les signes sur la terre, l'enclos d'un potager, un troupeau laineux qui rentre en s'étirant sous la menace du chien de berger, la quiète servitude anonyme d'un monde indifférent et inaccessible là-bas… le cri d'un coq qui monte dans la fumée des toits et ne reniera dorénavant que soi-même, le torrent, devenu gros de pluies furieuses, qui dévale vers le Tarn charriant le bois mort, délitant sur son passage la pierraille de ses bords. Ce n'est plus un cours d'eau, c'est la méchanceté à l'état de nature. Le soir par le même chemin, à la nuit tombée, infatigable, la marche têtue sous une nuisance étoilée dans l'heure cosmique, la quête bornée j'arrivais à l'épicerie par les ruelles obscures du Viala.

La porte résistait légèrement pour mieux brutaliser une volée de grelots qui annonçaient la venue du client sur un air de fête, son or sonnant et trébuchant. Eulalie vous honorait de toutes ses rides et réclames, souriante sous le halo blafard des néons. Au sortir, la porte tintait encore et la nuit reprenait tout ce que les néons avaient donné de merveilles luminescentes. L'odeur des bêtes habitait ces nuits d'arabesques branchues, tard je redescendais chez nous purger ma peine et le cubitainer de rosé acheté à l'épicerie.

L'exposition avait été une hérésie, les œuvres regagnèrent la cave voûtée où l'humidité, dans l'invisible, continuerait son œuvre de moisissure mais je tirai parti de la mauvaise fortune : l'Estafette Alouette me servira d'atelier ambulant.

Au matin, devant notre porte, nos survivants voisins, tous presque des vieillards, déposaient leur obole : qui un sac de patates, qui deux bûches, qui une bouteille d'eau de vie. Le député de l'Aveyron, qui n'avait pu se rendre au vernissage du Viala était passé à l'atelier… et cela s'était su.

⋆

Au presbytère l'abbé Cazottes nous offrait son vin de noix des fidèles tout en me faisant remontrance de mes activités d'inspiré quand bien même le jour du Seigneur. « Dieu le premier servi » était son viatique moral. Nos destins se croisaient souvent, lui conduisait sa trois CV ecclésiastique (une Dyane Citroën), au volant de l'estafette-atelier d'un clin d'œil des feux de croisement je le saluais sur les routes du causse. L'abbé Cazottes avait la redoutable initiative du « démoussage ». Il « démoussait » les croix de pierre fleuries de lichens jaune de chrome, à la croisée des chemins. L'intempestive éradication de ces floraisons impertinentes le distrayait-elle du culte ? Mais il y allait aussi de la truelle ! rejointoyant ici et là au ciment gris, détruisant la nef admirable d'une chapelle romane en coulant un raccord, au ciment gris encore, sur le pavement de grès déchaussé. Le mauvais goût n'était pas sur sa liste des péchés – je préconise d'allonger la liste des commandements. Mis à part ses excès de vitesse dans les virages en épingle à cheveux et sa piété de maçon coffreur l'abbé assumait au mieux son ministère et j'aimais notre divergence devant le mystère transcendant – qu'il fût d'ordre, ou de désordre… seul compte l'entièreté du mystère et qu'il fût plus ancien que les hommes.

Descendu au Minier, un matin de décembre nous le vîmes au portail de notre cour, catéchiste flanqué de ses marmots qui piétinaient la neige… Ils étaient venus choisir une nativité pour l'église parmi celles qu'il avait repérées en cette période de l'Avent, et qui séchaient. La petite troupe délibéra… l'âne, le bœuf et le petit Jésus sous le bras, l'abbé, le pas mesuré et sûr, reprit le chemin de son église. La marmaille trottinait à sa suite dans ce décor de neige de carte de vœux de vieille fille esseulée. Dès lors je me rêvai peintre d'ex-voto dans la simplicité du monde pacifié.

Alléluia ! Il faut prévenir de la merveille édifiée en Aveyron ! Montjaux était mon église préférée : des silences, la muette religion du minéral. Montjaux peut rivaliser d'intensité mystique avec les plus belles églises d'Arménie et Sylvanès même… pour les Pâques je modelai dans l'extase des christs de glaise extraite sur le site de Raujolles, de la terre à brique, dont l'usage pour la tuile est connu depuis les temps gallo-romains. Comme à Tolède la nuit travaillait en grâce ou bien… la matière épouvantée se refusait-elle encore à la lumière du monde ?

⋆

Cazottes en sa modestie prodiguait à ses ouailles une morale disciplinaire d'un autre temps. Cela se passe par un rude hiver, on me l'a raconté devant un verre de vin de noix, que je préfère à une tasse de thé et qui délie les âmes.

Parce qu'une ferveur pastorale l'agitait, l'abbé ne différait en rien en son apparence et son entretien d'un ouvrier agricole du canton. Au long de l'année séparant le bon grain de l'ivraie, ne rendant compte qu'au seul patron du ciel et de la terre (l'univers participant d'une théologie plus inquiète) faisant perdurer les rites sacrés et les œuvres du Christ au rythme des saisons sans contingences mystiques extravagantes – ni apparitions ni miracles d'aucune sorte ne feront l'objet d'une dévotion particulière à la suite de son ministère, à ma connaissance. Bonhomme, les étés caniculaires l'on ne pouvait déduire qu'il fût ecclésiastique que par l'échancrure de sa chemisette ouverte sur un sous-vêtement réglementaire mortifiant que l'évêché fournit à ses chastes ordonnés. De l'Avent à la Toussaint les gamins du catéchisme frémissaient d'enfreindre aux commandements et faisaient leurs communions privée et solennelle sans distinction de classe ni privilège intellectuel. Il faut reconnaître que les voies du Seigneur sont moins impénétrables ici où la porte étroite s'ouvre sur la glèbe à l'infini. Sans différencier le genre ou la variété humaine l'abbé Cazottes accueillait aussi les enfants des nouveaux foyers dont les parents, résolus de se mettre au vert, avaient trouvé havre de paix sur la commune. La paix leur étant conseillée par d'autres instances que divines, néanmoins le catéchisme éloignait-il deux heures durant une fratrie toujours encombrante à la maison quand turbulente et mal élevée. La banlieue qui avait vu naître ceux-là et la rue qui avait présidé à leur première éducation leur faisaient confondre le lumignon consacré du tabernacle avec le feu arrière d'une mobylette fuyant une patrouille de police dans la nuit consolatrice et les vapeurs d'échappement. Certes ils n'organisèrent pas de tournantes dans la sacristie ni n'incendièrent une demi-douzaine de voitures sur la place du village mais quand l'abbé eut le dos tourné, absorbé en la prière, les mains jointes tout à Dieu un genou sur le grès de la dalle sous le grand crucifix ils lui dérobèrent ce qu'il n'avait garde de tenir sous clé : l'argent diocésain de sa mensualité de prêtre, le fruit des bonnes œuvres, les deniers du culte… qu'ils emportèrent dans la boîte à biscuits qui les contenait.

Les gendarmes avaient de quoi se faire plaisir, la marijane dans le potager et les drôles cassant chez monsieur l'curé. Entre Dieu et Cazottes il y a un contrat moral et les poulagas n'ont rien à y voir. Il y eut tout de même garde à vue au presbytère à l'issue de laquelle il fut entendu que la seule faute incombait aux parents laxistes, qu'après remboursement ils devraient suivre le catéchisme l'année durant à la place de leurs mômes innocents par nature. Ainsi furent évangélisées les migrations urbaines en Aveyron. *Mais priez Dieu que tous nous veuille absouldre !* ■

La dernière bête du troupeau

Alain Emery

Que ses parents l'aient baptisée Gabrielle en l'honneur de l'Archange, comme elle l'a souvent prétendu, ou qu'elle ait hérité de ce prénom en souvenir de son grand-père, célèbre figure du quartier du canal, où elle-même aura vécu jusqu'au bout, peu importe puisque nous ne l'avons jamais appelée autrement que par son étrange surnom : La Brème.

Sobriquet judicieux, pourtant, si l'on se réfère aux pages du Larousse Universel de 1922 qui nous précise que la brème serait un poisson d'eau douce, plus large et plus plat que la carpe et dont la chair est peu estimée. Peut-être voulait-on souligner de la sorte le peu d'attirance qu'avaient pour elle les garçons. Il faut préciser qu'une malédiction, la frappant au berceau, avait figé ses traits dans une moue de tristesse et de dégoût. La force qui contrariait ses lèvres et les opposait farouchement l'une à l'autre rappelait le combat sans merci qu'à chaque marée, dans le fourreau calibré du canal, se livraient la mer et la rivière, le sel et l'eau douce.

Aucun de nous n'a oublié l'accablement de cette fillette pâle et solitaire, que ses camarades, quand ils ne la fuyaient pas, raillaient à plaisir. Parce qu'à tout instant elle semblait soit rechignée par une odeur nauséabonde soit sur le point de fondre en larmes, Gabrielle grandit dans une solitude ardente. Même quand son corps consentit à s'épanouir, et médiocrement, elle demeura où nous tous l'avions rejetée. Les enfants sont cruels et ne dit-on pas que les hommes sont de grands enfants ? Quant aux femmes, elles trouvèrent avec La Brème une occasion d'affiner leur venin. À vrai dire, toute la ville s'en donna à cœur joie et même au sein de notre bonne société – réputée parmi les plus élégantes et d'ailleurs fort courue –, je crois me souvenir de saillies bien troussées à son endroit.

Aussi l'annonce de son mariage, l'année de ses vingt ans, provoqua-t-elle une certaine stupeur en nos milieux. Sur toutes les lèvres courut illico une question : quel homme, parmi nous, pouvait donc avoir envie de passer le restant de ses jours avec La Brème ? À nos yeux, elle était la dernière bête du troupeau, la carne qu'on abandonne volontiers aux chiens errants. Quelques noms sortirent du chapeau – ceux de pauvres garçons depuis toujours dépourvus de sens commun – mais le doute ne cessa de planer qu'au moment où, sur une de ces places où nous avons coutume de nous afficher au bras de nos bonnes fortunes, les promis vinrent se promener, main dans la main. En fait, sans même le savoir, nous fréquentions son fiancé. Il s'appelait Plock et venait d'une ville plus au nord, connue au-delà des frontières pour ses herboristes. Ce qu'il était, du reste, officiant dans une échoppe des plus modestes, épinglée de travers sur la berge du canal, où se bousculaient les petites gens comme ceux de bonne famille. Ses poudres et ses potions avaient déjà rendu de nombreux services dans nos rangs et nous échangions volontiers ses cartes de visite, ornées, si je ne m'abuse, de fleurs de valériane et d'arnica.

Plock ne fit pas long feu. Ce que nul ne savait – et peut-être l'ignorait-il lui-même – c'est qu'il était pareil à ces limons que l'eau de pluie entaille sans peine. À ceci près que c'est l'alcool, chez lui, qui creusait des ravines, de profondes balafres dans lesquelles finiraient par se glisser de sévères dépressions. La faute, bien sûr, fut portée au crédit de La Brème et c'est avec une immense indulgence que la population assista au lent naufrage de l'herboriste. On avança qu'il était au fond bien naturel de sombrer dans la boisson quand l'amour vous avait à ce point aveuglé et on se détourna bien vite de ce gâchis.

Sous sa blouse, Plock cachait une âme de matador et, plongeant dans l'ivresse comme au cœur d'une arène, il entreprit de se mesurer aux mariniers, aux débardeurs. Une folie. La Brème, de son côté, livra un beau combat, hélas perdu d'avance, et ce n'est qu'en le décrochant de la poutre à laquelle il venait de se pendre, à l'issue d'une mémorable beuverie, qu'elle reconnut sa défaite.

Nous qui avons reçu de nos aînés l'assurance d'être bien nés, nous abritons tout malgré quelques gouffres : pourquoi les gens de peu en seraient-ils dispensés ? Comme on jauge la profondeur du marigot à l'empreinte que laisse sur vos souliers la boue noire, il faut pouvoir mesurer le chagrin que provoque un deuil. Avec elle, ce fut impossible. Elle nous apparut telle que nous l'avions toujours connue, au fond, ni plus ni moins rechignée qu'avant, mais cette apparente indifférence réveilla notre malveillance.

À commencer, c'est bien naturel, par celle de nos rejetons. C'est à cette époque qu'elle devint leur cible préférée. Ainsi commencèrent-ils par la suivre dans les rues, en semant dans son sillage de terribles insanités, avant de dégommer les unes après les autres les vitres de sa demeure : une villa et un atelier, le tout couronné de hauts murs qu'éventraient des sureaux. Pour finir, ces chenapans prirent la regrettable habitude de jeter par-dessus cette enceinte les chats sauvages dont les entrepôts voisins regorgeaient. Désormais, nous savons de quelle façon elle s'en débarrassait.

Avant de se rompre salement le cou, Plock – que sa lente déchéance avait éloigné de sa clientèle habituelle – avait œuvré pour les abattoirs de la ville. Dans le secret de ses cornues, il avait composé en virtuose de violents poisons dont les rats s'étaient révélés friands. Il fut à l'origine d'une mémorable hécatombe chez les rongeurs, déroutés par la grande variété de ses recettes.

Le chat est une bestiole élaborée, dotée d'un flair épatant et d'un instinct subtil mais La Brème fit un usage très savant des carnets de son défunt époux. Si l'on en croit son journal intime, il lui fallut des mois avant de réussir un poison d'apparence inoffensive, inodore et tout à la fois savoureux. « Cette fois, je crois que je le tiens. C'est un mélange absolument foudroyant, d'une surprenante neutralité. On peut dire que c'est au point. »

Elle y parvint le 16 septembre 1971. Nous n'avons aucun doute sur la date. C'est le lendemain qu'aux enfants qui la harcelaient elle distribua ses fameux bonbons. ■

Des bris d'humains

Saïd Mohamed

Habituellement quand il descendait dans le Barrio Chino il passait la nuit dans une pension familiale où il prenait ses aises. La patronne une grosse femme dont les bourrelets graisseux du fessier débordaient de chaque coté de la chaise en assurait l'accueil. Elle ressemblait à une déesse-mère, une vierge des temps primitifs dont les poignées adipeuses dégoulinaient les unes sur les autres, comme une bougie à moitié consumée dont le suif aurait beaucoup suinté. Elle n'en bougeait guère de sa chaise qui avait fini par sembler devenir un appendice de son gros-cul et elle dormait probablement sur place. Il ne se serait pas aventuré à affirmer le contraire.

La première fois, il avait choisi cet hôtel pour son aspect anonyme. Les suivantes parce que la patronne lui rappelait cette maîtresse maquerelle, dont il avait gardé un souvenir ému. En ses jeunes années, entre ses cuisses il avait tout appris de la concupiscence. Il se souvenait encore de ses suffocantes étreintes dont la sueur rance risquait de le faire défaillir. Quand le nez collé entre ses énormes seins il haletait alors qu'il escaladait péniblement ce tas de chair. Et qu'elle s'agitait au risque de faire s'écrouler le plumard, lézarder les cloisons et trembler l'immeuble jusqu'aux fondations. Elle jappait comme un caniche qu'on aurait jeté dans une essoreuse. Wagner pouvait envoyer toute la gomme des cuivres, rien n'aurait pu surpasser ses cris haletants.

Chevauchées fantastiques qui ressemblaient moins à celles des walkyries qu'à celles de la Vache qui rit. Les valseuses essorées et le vit en berne, repus de tant de chair, il était heureux de cette générosité et il ressemblait à un nain accroché à Blanche Neige. En s'activant férocement contre son callipyge de vénus, il avait l'impression d'être happé par une matrice, de couler en elle et d'en ressortir tout gluant. Le plaisir que cela lui procurait lui semblait inouï. Un liquide blanchâtre s'écoulait lentement de sa béance de nacre. Par curiosité, il y a mis la main entière dans sa fente et s'est léché les doigts comme un morveux pris en flagrant délit de gourmandise. Il l'aimait bien pour cette bestialité. Sa sueur rance et âcre lui provoquait des érections intempestives lorsqu'il reniflait cette odeur en n'importe quel endroit où il se trouvait. Cela pouvait être dans le métro ou au travail, alors il avait hâte d'être seul pour calmer son membre énervé par une veuve poignet. Rien ne vaut un bon dépucelage au bordel, pensa-t-il. Depuis il en avait vu d'autres plus tordues et bien plus vicieuses, mais rien ne pouvait effacer le souvenir de la première fois.

La matrone assise sur sa chaise ne comprenait pas la signification du sourire si sympathique qu'il lui adressait, mais il s'en foutait. L'odeur du lieu aussi était identique, un mélange de naphtaline, de livarot, d'encens et de créosote. Il ne manquait que le bidet au milieu du patio.

Le romantisme ça vous fait crever un homme debout, pensa-t-il en constatant un début d'érection.

Il avait choisi aussi cet hôtel parce qu'il se trouvait près des Ramblas, et il aimait s'en approcher pour sentir battre le cœur de cette ville. C'est là qu'il rentrait en contact avec son agent. Jamais le même. Parfois il devait attendre plusieurs longues journées, enfermé dans sa chambre.

—Vous dites ?

— Oh, rien. Ce sont des souvenirs qu'on aurait pu

avoir en commun c'est tout. Il arrêta là son monologue craignant d'être pris pour un dingue ou de devenir un type vraiment suspect.

Il décida de passer son temps en restant le plus possible enfermé dans cet hôtel. Déambuler dans les bars aurait pu attirer l'attention ou favoriser une rencontre malencontreuse. Trente ans s'étaient écoulés mais il avait été trop connu pour se permettre ce genre de fantaisie et sa tête malgré les années n'avait guère changé. Toujours aussi mat de peau, un visage osseux, une gueule qui les faisait toutes se pâmer de la catin à la bourgeoise. Il avait toujours été étonné qu'on s'intéresse autant à sa sale gueule.

Il était peu probable qu'il verrait son contact pendant ce week-end pascal et cela lui augurait de longs jours d'ennui.

— L'Espagne est toujours aussi catho... Putain, ça ne changera jamais, ça.

Il régnait une chaleur lourde comme seule il peut en exister à Barcelone, et un taux d'humidité à coller les enveloppes entre-elles. Il aurait juré que s'il avait laissé ses chaussures dans un coin, il les aurait retrouvées couvertes de champignons avant la fin de la semaine. Tout aurait moisi. Les perroquets verts qui voletaient de palmiers en palmiers jactaient autant que des pies. Impossible de fermer l'œil pendant la sieste.

Allongé sur le dos dans l'air irrespirable de sa chambre, il regardait les volutes de ses Fortuna s'envoler au plafond. Il pensa qu'il n'aurait jamais dû arriver si tôt. Mais les correspondances des vols ne lui avaient pas permis de partir plus tard. Il ne put s'empêcher de repenser à cette femme. Elle le hantait encore, trente ans après. Des parties de jambes en l'air comme celles-la, il n'en avait jamais revécu de semblables. Il tâta son membre à travers l'étoffe légère de son pantalon et senti une raideur.

— Putain de pays de merde... J'ai le feu au cul et pas moyen d'aller voir une petite femme. Qu'est-ce qu'elle a bien pu devenir depuis tout ce temps ?

Lorsqu'il avait quitté le pays, plongé dans l'obscure dictature du généralissime, elle travaillait pour les renseignements de la police et exerçait aussi son métier à domicile, source inépuisable d'informations.

Elle avait probablement bien mal tourné et, couverte de bijoux et de sperme, elle devait régner sur tous les bordels de la ville, et toucher de l'argent de tous ces bourgeois qui voulaient encore s'accorder un coït dominical entre hostie et billet de loterie. Il lui savait gré de l'avoir tiré du pétrin quand il avait été si recherché par la police. Elle l'avait hébergé sans rien lui demander d'autre que de la baiser et tant d'années avaient passé…

Bravant l'interdiction qu'il s'était fixé et taraudé par la curiosité il pensa rendre visite à cette vieille amie à qui il devait d'être encore en vie.

Le heurtoir de la lourde porte n'était plus en place, un digicode l'avait remplacé. C'est à ce genre de détail, que l'on s'aperçoit qu'un pays change. Il attendit que quelqu'un rentre et s'engouffra à sa suite, la femme le regarda avec suspicion, comme pour prévenir les questions il amorça la discussion.

— Je vais chez madame Esmeralda au troisième ! La dame le regarda interloqué et lui répondit :

— Je crois que vous faites erreur monsieur. Il n'y a personne de ce nom ici !

— Mais, si, voyons, une cinquantaine un peu forte, elle habite au troisième !

— Impossible

— Pourquoi donc,

— C'est nous qui y habitons !

— Depuis longtemps ?

— Une dizaine d'années !

— Je suis à la recherche de cette dame, sa fille qui vit en Argentine est décédée. Peut-être pourrez-vous m'aider à la retrouver !

La dame parue très embarrassée. Elle réfléchit un instant avant de répondre.

— Ecoutez, venez à la maison, quelques instants, mon mari inspecteur de police, vous renseignera.

À la photo du Caudillo dans le couloir, au crucifix au-dessus de la porte du salon, il savait que la moindre information qui pourrait lui être transmise ne le serait qu'après un méticuleux interrogatoire.

— Je suis le père de son gendre, nous vivions en Argentine. Nous n'avons plus de nouvelles d'elle depuis si longtemps !

Le flic paraissait terriblement embarrassé.

— C'est que, Madame est décédée depuis si longtemps que l'appartement a été réquisitionné par décret et l'argent des loyers placé chez notaire !

C'était donc ça le nœud du problème.

—Vous avez l'adresse du maître ?

Ils se jetèrent des regards inquiets, les deux du petit couple.

— Je ne pense pas que vous le trouverez à son cabinet aujourd'hui. Comme tout le monde, il a déserté Barcelone pour le week-end pascal.

Par « tout le monde », il entendait certainement les gens de sa caste. Les autres continuaient à vaquer à leurs occupations quotidiennes.

— Ce n'est pas grave, j'ai le temps !

— D'ailleurs ma femme et moi allions quitter la maison !

Rien ne semblait pourtant l'indiquer, ni panier à pique-nique, ni valise dans le couloir. Sentant le regard inquisiteur, il précisa.

— Nous aimons nous rendre à l'hôtel !

— Bien sûr on y est tellement plus à l'aise, leur dit t-il, comme pour les réconforter et estomper le soupçon qu'il sentit dans le regard de l'homme.

Il le photographia de mémoire. Oui, c'était bien lui. Ce ne pouvait être que lui. Cette cicatrice sur la joue gauche… Obtenue lors d'un combat au sabre à l'école de police… Oui, pas de doute à avoir… Il plia le papier et le glissa dans son portefeuille. Il se rendit à l'adresse. À son niveau une voiture s'arrêta, trois types en descendirent, deux l'alpaguèrent et le troisième le poussa sur le siège arrière où deux autres sbires l'entourèrent.

— Alors garçon, on est en visite au pays ?

Il ne put les reconnaître. Mais leurs voix, il s'en souvenait... Il les entendait à travers la serviette mouillée qu'on lui avait mise sur le visage et sur laquelle on versait de l'eau. Il s'était juré qu'un jour ces enfants de putains et leur chef, allaient payer pour toutes ces souffrances quand il se réveilla le dos trempé de sueur. Tremblant de peur.

Maintenant il savait qu'il ne reviendrait plus jamais sereinement à Barcelone. Il attendit son contact, claquemuré dans son hôtel, son billet de train en poche.

Il souleva l'oreiller et retira de dessous son parabellum, il enleva le cran de sécurité et recompta les diamants. Il s'assura qu'on ne le suivait pas et ne retourna pas de suite à l'hôtel. Dans la poche de son pantalon, il tâtait les pierres à travers le tissu.

— Encore heureux que j'ai pris mon calibre, pensa-t-il. En tout cas je ne construirais pas un château en Espagne !

Dans son travail, on ne mélangeait pas les affaires et les sentiments, et il venait de faillir à cette règle.

Les pales du ventilateur découpaient l'air au plafond. Allongé sur le dos, il fuma un paquet de Ducados. Il pensait qu'il n'aurait pas dû essayer de renouer le contact avec Esmeralda. Sa libido lui avait joué un sale tour. Elle avait dû l'aimer vraiment pour prendre autant de risques et le protéger aussi longtemps. Mais elle détestait ces types du renseignement et leur méthode. Elle avait fini par tomber comme tant d'autres.

En refermant la porte il pensa que ce nouveau modèle de silencieux pour le P38 était d'une redoutable efficacité. Il a allumé sa cigarette en se jurant que ce serait la dernière. Depuis le temps qu'il s'était promis d'arrêter de fumer et qu'il avait sans cesse reporté sa décision. Il savait bien qu'il se mentait. Malgré les risques encourus pour sa santé, il continuait. N'ayant jamais put résister à la tentation, il avait accepté cette faiblesse comme toutes les autres. On s'habitue à tout, avec un peu de résignation. Il pensait vite, par à coups. Des images se superposaient sur des ralentis. Tout revenait, comme une aigreur après un repas trop lourd. La vie est difficile à digérer. Il savait bien qu'il n'avait pas choisi d'arrêter de fumer, cela il l'avait compris, probablement c'était la seule chose qu'il avait accepté. Il lui semblait faire ce geste pour la dernière fois comme lorsqu'il avait tourné la clef dans la serrure de sa chambre en interrogeant son *check list.* Tout était parfaitement en ordre, comme il l'avait prévu. Il ne lui restait plus qu'à laisser la clef en bas, avant de se rendre à l'aéroport...

Il se revoyait sur le tarmac de Kinshasa avec son bagage à main. Il ressemblait à quelqu'un d'autre, ayant rasé sa barbe et coupé ses cheveux très courts. Il se sentait léger dans ce costume. Bien qu'il sache qu'en Argentine ce soit l'hiver, il s'en fichait. L'escale prévue était à Barcelone. Il ne savait pas qui serait son contact. Il ne l'avait jamais vu, ne le reverrait jamais. Il recevait un coup de téléphone, il se rendait à un autre hôtel, de grande classe celui-là. Il attendait encore, puis recevait un autre coup de téléphone. On lui apportait l'argent, il laissait les diamants et il retournait à son hôtel.

Les liasses de coupure dans sa mallette, il héla un taxi, mais avant de se rendre à la gare, il demanda au chauffeur de faire un léger détour. Il lui laissa un billet et lui demanda de l'attendre. Sa valise à la main, il s'engouffra dans le porche à la suite de la jeune fille. Il sonna au troisième étage. Quand le couple apparu dans l'encadrement du couloir, ils s'affaissèrent l'un après l'autre, dans un bruit mat.

— De la part d'une amie, dit-il ! ■

15 mai 1975

Barcelone barrio Chino.

La dernière contredanse

Charles-Louis Auré

À quinze heures, un mardi de février, le convoi funèbre emprunta le chemin de Ronde qui mène au cimetière-haut. Entre la voie ferrée et les maisonnettes ceintes de murs, la route serpente aux limites de la petite ville. Les amandiers, précoces cette année-là, étaient déjà en fleurs alors que Carnaval battait son plein.

Depuis quelques minutes, le cortège n'avançait plus. La vue masquée par le corbillard et les courbes du chemin, la famille et les proches de la défunte s'agaçaient. Il faisait déjà chaud et le ciel bas accentuait l'effet de couvercle. La voiture de tête venait d'être stoppée :

— Gendarmerie Nationale. Vos papiers s'il vous plaît !

Stupeur dans la voiture endeuillée. L'espace d'une seconde, les occupants se regardèrent interloqués. Juste derrière, le chauffeur du fourgon funéraire regardait, tout aussi incrédule, la scène. « Ces deux gendarmes ne sont pas des vrais ! » lança-t-il à ses trois camarades vêtus d'un complet gris, perdus au milieu des fleurs, transformant l'habitacle en serre. Soupçonnant le calembour télévisé, il cherchait l'œil d'une caméra à l'affût. En trente ans de carrière, c'était la première fois qu'il était témoin d'une scène aussi invraisemblable. Au poste de contrôle improvisé sur le trottoir, le scénario aux allures cocasses, se précisait.

« Soufflez ! » intima le représentant de l'ordre, tendant à bout de bras l'éthylotest. Soufflés, ils l'étaient tous, dans la voiture, tant cette interruption des funérailles était incongrue. Il arrivait qu'un chauffeur de corbillard soit contrôlé. Mais c'était toujours en fin de cérémonie. La conduite, libérée de toute compassion, avait quelque chose de joyeux, à l'opposé de cette façon de brouter avec lenteur le bord de la route, signe de la présence du défunt à bord du véhicule. Le contraste entre ces deux manières de rouler carrosse vers l'éternité, éveillait peut-être la méfiance du gendarme. Sa conviction n'était acquise qu'à la vue des zigs-zags sur la route. Les croque-morts n'étaient pas à l'abri d'un coup de cafard, comme n'importe quel quidam. Ou d'un coup de coude réparateur, plus haut que les autres, quand il s'agissait de porter un toast, ou deux, à la santé des héritiers. Mais une fois le client livré à domicile, et le cortège revenu à la case départ.

Ces deux gendarmes étaient peut-être des extraterrestres, songea le chauffeur à moitié amusé. Il fut pris d'une envie de rire en songeant que leur casque d'abeille butineuse mal léchée, évoquait les lignes du mystérieux personnage de l'astronaute que l'on aperçoit vu d'avion ou d'un promontoire dans le désert de Nazca. Et s'esclaffa littéralement quand il feint de découvrir que l'inclination de la tête au dessus de l'imprimé de couleur verte, ne devait rien à un surplus de matière grise mais au poids du casque…

Un couvre-chef que Raoul et son jeune collègue, frais émoulu de l'école, portaient fièrement, à la manière des chevaliers, le heaume. Ethylotest et carnet d'amendes en poches, équipés de leurs gilets fluorescents, ils avaient été dépêchés dans ce petit coin tranquille pour la première sortie de Nicolas. Avec l'ordre de faire du chiffre, de sanctionner des fautes dont la plupart apparaissaient dérisoires : défaut de documentation du conducteur (le changement de veste, un classique), plaques minéralogiques caduques, attestation d'assurance périmée… Souvent cantonné à des tâches subalternes – le bord des routes principales était une vitrine réservée à l'élite à laquelle il avait peu de chance d'accéder – Raoul était fier d'avoir pour une fois sous sa responsabilité un petit nouveau. Il allait lui montrer comment ça se passait une vie de motard !

Proche de la retraite, diversement apprécié de ses collègues et de ses chefs, il était unanimement détesté par ses victimes : ses concitoyens impitoyablement verbalisés pour la moindre infraction qu'il savait rechercher avec une méchante méticulosité sous son apparence débonnaire. Inconditionnel du steak-frites le dimanche et de ragoût en semaine, il avait perdu la sveltesse de ses jeunes années où il jouait première ligne dans l'équipe de rugby locale. Du sport, il en faisait toujours mais assis sur sa superbe moto de fonction qui le remplissait d'orgueil et qu'il chérissait plus que sa femme. Il n'y avait qu'à voir comment il s'échinait à faire reluire le moindre recoin de sa machine. Même les jours de repos il les passait à l'atelier à lustrer ses chromes. « S'il pouvait coucher avec, il le ferait » tonnait la maréchale des logis chef, forçant à peine le trait.

À ce moment précis de la journée, il était très exactement quinze heures dix-sept, le vieux motard ne pensait qu'à une seule chose : verbaliser les contrevenants. Et il avait l'embarras du choix. Quand vint son tour de souffler, le chauffeur du fourgon ne pipa mot. Sous sa casquette de capitaine d'aviation, l'homme d'allure corpulente, devint rouge comme une tomate à la fin de l'été, au bout de la longue expiration soufflée comme un aveu. On ne sait si ce fut d'indignation ou d'effort. Puis d'autres voitures du cortège furent stoppées, les conducteurs invités à la même gymnastique respiratoire, sous l'œil goguenard du vieux flic qui tenait enfin son filon. Les gens scandalisés s'étaient barricadés dans un silence de plomb, face aux gesticulations de la soldatesque routière.

Raoul ne tenait plus en place, allant et venant d'un véhicule à l'autre, le carnet de contravention à la main, le regard inquisiteur. Pour lui, tout automobiliste était potentiellement coupable. Il avait une théorie : l'erreur contraventionnelle ne pouvait exister dans la mesure où il était impossible de ne pas avoir quelque chose à reprocher au justiciable : passage au feu orange, voire au feu rouge, dépassement dangereux, franchissement de ligne blanche ou jaune, queue de poisson, excès de vitesse sur la route comme en agglomération, usage du téléphone au volant…

Devant tant de détermination, le veuf ulcéré par l'acharnement des gendarmes les interpella en des termes pathétiques qui bouleversèrent les témoins de la scène : « Vous n'avez qu'à faire souffler Madeleine tant que vous y êtes ! » osa-t-il, en se tournant vers le cercueil de chêne clair que l'on entrevoyait sous des gerbes de lys blancs et d'œillets roses.

Le dernier conducteur du cortège, qui n'avait pas encore récupéré son souffle, reconnut le gendarme, bête noire des automobilistes du canton, et songeait avec consternation que l'affaire risquait de s'éterniser. Le jeune gendarme était embarrassé par la tournure prise par les événements, humilié aussi par l'aspect grotesque de la situation, et la place qu'il occupait. Il se risqua à suggérer timidement à l'oreille de son collègue d'abréger les contrôles et de laisser filer le convoi pour dégager la circulation. Raoul rougit sous l'affront. Quoi, ce blanc-bec qu'il devait former à l'art de la contredanse se permettait d'interrompre sa démonstration ?

Quelques coups de klaxon commençaient à se faire entendre au loin, après le virage. Puis d'autres suivirent, amplifiant la protestation sonore. Les premiers passagers abandonnaient les voitures, imités bientôt par d'autres. On aurait dit des rescapés de la route en déshérence : les voitures maintenant désertées, portières grandes ouvertes.

C'en fut trop pour Raoul qui perdit pied d'un coup. Embrumé par la digestion difficile d'un plat de tripes qui n'avait pas tout à fait épongé le pastis de onze heure – pour fêter la première mission de Nicolas, justement – et par une situation qui se compliquait de seconde en seconde, il était au bord de l'apoplexie. Son visage virait dangereusement au violet et les témoins étaient à deux doigts de se demander s'il n'allait pas falloir, en plus, lui porter secours. Pire, lui faire profiter du convoi…Il n'était pas au bout de ses peines.

Le destin s'insinua dans les mesures d'une marche entraînante portées par le vent depuis le cœur de ville. Les éclats de cuivre et les coups de tonnerre dispensés par la grosse caisse ne furent bientôt plus qu'à une rue de distance. On entendait les bruits de la foule particulière à carnaval, une sorte de murmure d'approbation continu. Débouchant d'une rue, les personnages de comédie masqués qui surgissaient en farandoles des rues dans le vacarme des cuivres et les raclements de gorge langoureux des trombones à coulisse, se mélangèrent au cortège.

Soudain, Nicolas, poussé par une main invisible, une force mystérieuse, fut propulsé en direction d'un groupe de carnavaliers costumés en pierrots, attiré par le chatoiement de la soie des costumes et des couleurs, les gestes amicaux des personnages au sourire fixe et au regard étonné et confiant, posé sur le monde comme l'assurance d'une promesse.

Tacitement, il s'en était faite une de promesse lorsqu'il était jeune. Celle de ne pas se prendre la tête dans la vie. D'un naturel discret et nonchalant, il s'était engagé dans la gendarmerie par manque d'imagination, ne sachant trop que faire d'autre. Bac en poche, il avait suivi la formation sans trop d'enthousiasme mais sans aversion non plus. En période de crise, c'était un emploi et une retraite assurée. Il aimait la paix et la tranquillité, l'ordre aussi que la grande muette dispensait autour d'elle. Bref, l'uniforme allait comme un gant à ses ambitions modestes de vie tranquille et bien ordonnée.

Au bord de ce chemin bucolique, dans la douceur d'un après-midi où semblait déjà s'annoncer le printemps, il prit pourtant la décision contraire à son engagement initial. En une lueur, une fraction de seconde, une image, c'est le monde qui lui était tombé dessus, comme la grêle sur la vigne. Il était devenu imprévisible.

Les masques chamarrés et les musiciens vêtus de rouge étaient emportés dans une danse étrange qui s'écoulait entre les deux rives noires du cortège endeuillé. Le vieux policier ballotté disparut dans le mouvement de foule qui se déployait, le carnet de contravention englouti le dernier par la houle colorée. Face au ciel, Nicolas se souvint de François d'Assises dont une mauvaise reproduction de Giotto trônait de guingois au dessus du buffet de la cuisine. Il voulut faire comme le personnage au regard larmoyant, maigre comme un clou dans sa robe de bure épaisse. Il avait appris au catéchisme la vie du fils du drapier, et l'avait trouvé « sympa » parce qu'il aimait les oiseaux, comme lui. Il ôta ses vêtements de flic, ses bottes de cow-boy et courut tout nu en direction du cimetière, qui était aussi celle de la gare. Le fourgon mortuaire aux fesses, qui déposa, enfin, la défunte à sa dernière demeure. ■

Téléphilie

Jean Pézennec

Elle tendit l'oreille. De derrière la cloison, de l'extérieur de la cave, lui parvenaient toujours des voix étouffées. Ainsi, ils étaient encore là, ils n'avaient pas renoncé. Convulsivement, elle serra son téléviseur contre elle. Ils ne la lui enlèveraient pas, sa télé, ils ne la lui enlèveraient pas.

Parce qu'on disait que la télévision rendait fou, mais elle, c'était plutôt le contraire, c'était sa télé qui l'aidait à tenir. Sans sa télé, cela faisait déjà longtemps qu'elle aurait disjoncté. Vingt-deux ans de RMI puis de RSA, seize de HLM et pas n'importe quel HLM, le Chêne des Anglais, qui plus est la tour la plus pourrie du Chêne des Anglais, celle que tous ceux qui le pouvaient fuyaient, la moitié des appartements squattés, les boîtes à lettres défoncées, l'ascenseur sans arrêt vandalisé, les crachats dans les escaliers, les ordures jetées par les fenêtres, les dealers tous les soirs dans le hall d'entrée, les incendies dans les caves, oui, il y avait longtemps qu'elle aurait disjoncté sans tous ses amis et amies de la télévision, Jean-Pierre Foucault, et Patrick Sébastien, et Michel Drucker, et Sophie Davant, et Laurence Boccolini, et Arthur, et David Pujadas, et Laurence Ferrari, et Laurent Ruquier, et Nikos Aliagas, et Christophe Dechavanne, et tant d'autres. Tous si gentils avec elle, toujours un sourire, toujours un petit mot aimable, et si polis, toujours un bonjour en arrivant et un au revoir en partant, et si gais.

Enfin tous, pas tout à fait, elle avait aussi quelques ennemis et ennemies, qui lui faisaient la tête, elle ne savait pas pourquoi, comme Laurent Baffie, le rabat-joie, toujours à casser l'ambiance, toujours à se moquer des gens, jamais un bonjour, jamais un regard pour elle, et méchant avec ça, une vraie gale, une fois il s'était même moqué de Mireille Mathieu, qui était si gentille. Ou comme Gérard Miller, qui avait toujours une tête d'enterrement quand il venait la voir, qui n'avait jamais un regard pour elle lui non plus, et qui critiquait toujours tout, et qui se mettait en colère pour un rien, un truc qui lui plaisait pas et hop, ça y était, il piquait sa crise. Une qu'elle n'aimait pas non plus, c'était Christine Bravo, qui arrivait une fois sur deux habillée comme l'as de pique et les cheveux en bataille, c'était quand même la moindre des choses quand on allait chez les gens de faire un effort de présentation, elle ne demandait pas le smoking ou la robe longue, mais un minimum d'élégance quand même, et vulgaire avec ça, qu'est-ce qu'elle était vulgaire, avec ses grands rires de blondasse, et en plus à ce qu'il parait elle buvait, elle le disait elle-même, elle s'en vantait presque, comme si on avait besoin de la télé pour accueillir chez soi des soûlots. Mais celle qu'elle détestait le plus, c'était Christine Ockrent, avec son grand front et son air de se croire plus intelligente que tout le monde, et sa façon de la regarder d'un air méprisant, comme si elle était une chenille dans la salade, pour qui elle se prenait, c'était pas parce que dans les journaux on l'appelait la reine Christine qu'elle avait à regarder les gens de haut comme ça, et un air dur avec ça, ah la sale bête, elle la rendait par les yeux, elle la rendait tellement par les yeux, c'était plus fort qu'elle, chaque fois qu'elle la voyait sur l'écran, elle l'injuriait, elle la traitait de tous les noms, salope, pouffiasse, connasse, bourrique, grosse truie, sale vache, heureusement on la voyait presque plus, la Christine Ockrent, Dieu merci elle avait pratiquement disparu de l'écran depuis quelques années.

Voilà qu'ils frappaient de grands coups dans la porte de la cave, maintenant. Ils pouvaient toujours courir, elle ne leur ouvrirait pas. Pas folle. La première chose qu'ils feraient si elle leur ouvrait, ce serait lui prendre sa télé et ça, il n'en était pas question. Ils ne la lui enlèveraient pas, sa télé, ils ne la lui enlèveraient pas, elle en avait trop besoin pour ne pas péter les plombs.

Surtout après ce qui s'était passé la veille. Rien que d'y repenser, elle en avait les dents qui grinçaient d'épouvante. Une soirée pourtant commencée si paisiblement, elle dans son fauteuil, Jean-Pierre Foucault sur la Une, toujours aussi souriant et les dents toujours aussi blanches, qu'est-ce qu'il avait les dents blanches cet homme, on se demandait comment il faisait pour avoir les dents aussi blanches, il avait accueilli Louane qui avait chanté une chanson de son nouvel album, qu'est-ce qu'elle était mignonne cette petite, et dynamique, ça changeait des jeunes qu'on voyait traîner dans le quartier toute la journée, tous des racailles tout juste bons à cracher dans les escaliers et à embêter le monde, puis Francis Lalanne avait récité un poème, la poésie elle aimait pas trop mais il fallait reconnaître, quel poète c'était ce Francis Lalanne, il suffisait de le voir d'ailleurs avec ses longs cheveux noirs et ses yeux qui brillaient comme des étoiles, puis il y avait eu la séquence émotion avec un extrait d'une émission des années quatre-vingt où on voyait Dalida chanter *Paroles paroles* en duo avec Alain Delon, Dalida l'idole de sa jeunesse, ça c'était une chanteuse, quelles belles chansons elle chantait, et une voix, et toujours souriante elle aussi, et toujours gaie, quel dommage qu'elle se soit suicidée, puis les girls du Lido avaient dansé un French Cancan, pareil qu'est-ce qu'elles étaient belles et dynamiques ces filles, ça vous remontait le moral de les voir danser, un peu déshabillées évidemment mais pas plus que bien des filles qu'on voyait maintenant se balader dans les rues pratiquement les fesses à l'air, sans parler de celles qu'on voyait se promener la poitrine au vent sur les plages, les girls du Lido de nos jours c'était quasiment un spectacle familial, tout allait bien, elle se sentait bien, quelle mouche l'avait piquée de zapper pendant la pub et d'aller faire un tour sur la Trois ? Ah là là ! Quand elle avait vu sur son écran Christine Ockrent, l'horrible Christine Ockrent, habillée tout en noir en plus, comme une araignée de cauchemar, qui était à nouveau là sur la Trois, elle qu'on ne voyait plus depuis des années, quel choc ça lui avait fait ! Ah ! elle n'avait pas pu se retenir, de la voir revenir comme ça à l'improviste, ça l'avait mise hors d'elle, elle l'avait incendiée, la Ockrent, elle l'avait agonie d'injures, elle lui avait sorti tout ce qu'elle avait sur le cœur, qu'elle n'était qu'une charogne, une raclure de bidet, une épluchure de pomme pourrie, que rien que de la voir elle avait envie de vomir, qu'elle aurait voulu pouvoir lui arracher les entrailles avec une fourchette à huître rouillée.

C'était là que la soirée avait commencé à se gâter. D'habitude, la Christine Ockrent elle encaissait sans broncher, elle faisait celle qui n'entendait pas, celle qui s'en fichait, elle jouait l'altesse qui ne prête pas attention aux insultes des vers de terre. Là, est-ce qu'elle y était allée plus fort que d'habitude, ou est-ce que Christine Ockrent était devenue plus susceptible depuis qu'elle avait été femme de ministre, toujours est-il que tout d'un coup, ah là là ! rien que d'y repenser elle en avait des sueurs froides, depuis la veille l'image n'arrêtait pas de passer et de repasser devant ses yeux, tout d'un coup la Christine Ockrent l'avait regardée comme si elle avait voulu la réduire en cendres et avait sorti de l'écran un poing énorme qu'elle avait brandi dans sa direction. Ah là là, quand elle avait vu ce poing monstrueux qui sortait de l'écran au milieu de son salon, elle avait bien cru qu'elle allait s'évanouir, si elle n'avait pas eu sa télé sûr qu'elle aurait disjoncté, mais là heureusement, aussitôt le bon réflexe, elle avait zappé sur la Une et zioup, plus de Christine Ockrent, plus d'énorme poing sortant de l'écran, à nouveau Jean-Pierre Foucault avec ses dents blanches et son sourire éclatant. Tout de suite elle s'était sentie mieux. Après être allée dans la salle de bains se passer un peu d'eau froide sur le visage, elle s'était même sentie tout à fait bien, enfin quand elle disait un peu d'eau froide, c'est un torrent d'eau froide qu'elle aurait dû dire, elle avait ouvert le robinet à fond, tellement ça l'avait secouée, cette histoire avec Christine Ockrent, bref, après s'être passé un torrent d'eau froide sur le visage, elle s'était même sentie tout à fait bien, assise devant sa télé, avec Jean-Pierre Foucault qui lui faisait de grands sourires pour lui remonter le moral, pour ça on pouvait toujours compter sur lui, Jean-Pierre Foucault, pour vous remonter le moral quand vous l'aviez à zéro, ce qu'il était gentil c'était pas croyable, surtout avec elle. Quand elle l'avait retrouvé, il en était à la séquence *SOS-animaux*, encore une idée géniale qu'il avait eue là, de consacrer dix minutes de chacune de ses émissions à la défense des animaux, et tellement généreuse, c'était bien Jean-Pierre Foucault ça, qui aime les gens aime les bêtes. La semaine d'avant, il avait lancé une grande campagne pour sauver les grenouilles qui se faisaient écraser en traversant la route pour aller boire à leur mare, une grande souscription pour ramasser de l'argent pour construire un peu partout sous les routes des tunnels à grenouilles, un grenouillethon copié sur le téléthon sauf qu'au lieu de recueillir de l'argent pour des handicapés on le recueillait pour des grenouilles. Là, la veille au soir, il alertait l'opinion sur les souffrances des rats bretons. Non parce que ça c'était un problème de société qu'elle ignorait totalement avant que Jean-Pierre Foucault ne l'alerte sur son existence, mais sur les côtes de Bretagne, à chaque marée basse, il y avait des rats qui essayaient de détacher les berniques des rochers, et il y avait des berniques qui leur coinçaient la patte entre leur coque et le rocher et qui les tenaient coincés comme ça jusqu'à ce qu'ils soient noyés par la marée montante. Jean-Pierre Foucault avait envoyé une équipe en Bretagne filmer la chose, filmer la noyade d'un rat par une bernique, et il avait passé la séquence pendant l'émission pour frapper l'opinion, c'était vraiment affreux comme spectacle. On voyait le rat qui furetait joyeusement sur les rochers puis qui essayait de détacher une bernique d'un rocher et qui restait la patte coincée sous la coque de la bernique avec la mer qui montait petit à petit, d'abord le long de ses petites pattes, puis le long de son petit ventre, avant finalement de recouvrir son petit museau. L'horreur à l'état pur. C'était tellement prenant comme séquence, elle en avait complètement oublié Christine Ockrent.

Et c'est là que la soirée avait complètement dérapé. Soudain, tandis que Jean-Pierre Foucault annonçait le lancement d'une grande opération de solidarité SOS-rats bretons et donnait le numéro d'un compte bancaire où on pouvait verser de l'argent, qu'est-ce qu'il comptait faire avec les sous elle avait pas bien compris, est-ce qu'il comptait mettre partout sur les plages des écriteaux pour alerter les rats, ou est-ce qu'il comptait exterminer les berniques sur toute la côte bretonne, peut-être qu'il avait expliqué après mais elle n'avait rien entendu, à ce moment-là déjà elle était bien trop occupée avec ce qui se passait dans l'appartement, soudain donc elle avait entendu un clapotis dans la salle de bains et la mer s'était mise à déferler de la salle de bains dans le salon et à monter dans tout l'appartement. En un clin d'œil elle avait eu les doigts de pied recouverts par la marée montante. Et aussitôt après, elle avait entendu derrière son dos un horrible chuintement, chplash chplash chplash. Elle s'était retournée et qu'est-ce qu'elle avait vu à la place de son pouf ? Une énorme bernique qui glissait vers son fauteuil en suivant le courant et en raclant le fond de l'eau ! Évidemment elle avait tout de suite compris que cet être immonde qui rampait vers elle avec un ignoble bruit de succion, c'était Christine Ockrent transformée en bernique géante qui venait se venger de ce qu'elle lui avais balancé dix minutes avant et que c'était elle, la Ockrent, qui avait fait apparaître un océan dans son appartement, comment elle s'y était prise, elle en avait aucune idée, mais c'était elle, aussi sûr que deux et deux font quatre, cette femme-là était capable de tout quand elle en voulait à quelqu'un, il suffisait de la regarder. Ah ! quel sale moment elle avait passé, elle en avait encore les cheveux qui se dressaient sur la tête, pire que les pires films d'épouvante, *Les dents de la mer* à côté c'était de la gnognotte, de la rigolade, pour que ça puisse rivaliser il aurait fallu mettre Christine Ockrent dans le rôle du requin, et encore. Elle était tellement horrifiée, elle était restée paralysée dans son fauteuil, incapable de se lever et de fuir, à regarder Christine Ockrent ramper jusqu'à elle en bavant comme quinze escargots et lui coincer le pied gauche entre sa coque et la moquette. Pire encore, de quoi elle s'était aperçue en essayant d'appeler Jean-Pierre Foucault à son secours ? Que tout ce qui sortait de sa gorge, c'était un ridicule couinement de rat ! Ah ! alors là, elle n'avait pas honte de l'avouer, elle transformée en ratte, la mer qui montait dans l'appartement et qui lui arrivait déjà à mi-patte, au fond de l'eau la Ockrent qui tenait obstinément sa patte arrière gauche coincée contre la moquette, elle avait été à deux doigts de péter les plombs. Heureusement qu'elle avait sa télé, encore une fois c'était ça qui l'avait sauvée, elle avait entendu le jingle qui annonçait la pub et ça lui avait remis les idées en place, oui c'était le jingle de la pub qui l'avait sauvée, à peine le jingle entendu elle avait couiné de toute la force de ses petits poumons de ratte, la Ockrent, surprise, avait relâché sa patte arrière gauche deux secondes, elle avait trouvé au fond d'elle-même l'énergie du désespoir et elle avait réussi à s'extirper de son fauteuil et à filer dare-dare hors de l'appartement, moitié courant moitié nageant, puis à dévaler les escaliers jusqu'à la cave, ah pour ça elle avait fait vite, Dieu merci à peine sortie de l'appartement elle avait échappé au sortilège et retrouvé son apparence humaine, même pas une minute il lui avait fallu pour descendre les sept étages et se réfugier dans sa cave blindée.

Qu'est-ce qu'ils criaient encore, derrière la porte ? « Ouvrez ou on défonce la porte… » ? C'était bien Christine Ockrent, ça. Si on lui ouvrait pas, elle défonçait la porte. Parce qu'évidemment, la Ockrent, voyant qu'elle lui échappait, avait appelé toute son équipe à la rescousse, et depuis le matin ils étaient là, devant la porte de sa cave, déguisés en pompiers, à essayer de la déloger, mais ils pouvaient toujours courir, aucune chance ils avaient de la sortir de son trou…

Quelle bonne idée elle avait eue là, de faire transformer sa cave en abri anti-atomique avec porte en acier blindé quadruple épaisseur, serrure inviolable et à l'intérieur tout ce qu'il fallait pour survivre des semaines, ça encore c'était grâce à la télévision, elle avait eu l'idée après avoir vu sur TF1 une émission sur les risques de guerre nucléaire, ah là là ça lui avait fichu une trouille, dès le lendemain elle avait appelé la société spécialisée dont ils avaient donné le numéro de téléphone sur TF1 et elle s'était fait aménager son abri anti-nucléaire personnel, ça lui avait coûté les yeux de la tête, l'équivalent de cinq ans de RMI, quasiment toutes ses économies, mais ça valait le coup, la preuve, bien contente elle était aujourd'hui de l'avoir son abri anti-nucléaire blindé, bien sûr elle l'avait fait aménager en pensant à une guerre atomique, pas à Christine Ockrent, à l'époque elle n'y pensait pas à Christine Ockrent, elles n'étaient pas encore en guerre ouverte, elle l'injuriait de temps en temps mais rien de bien méchant, elle était loin de prévoir qu'un jour Christine Ockrent débarquerait dans son salon transformée en bernique et essaierait de la noyer, n'empêche, maintenant qu'elle était en guerre avec la Ockrent, elle était bien contente de l'avoir son abri anti-nucléaire blindé avec tout ce qu'il fallait pour survivre des semaines, nourriture, générateur d'électricité, purificateur d'air, colonne à eau potable et bien sûr télévision, ça la télé c'était une idée à elle, c'était pas prévu dans le devis, mais elle l'avait fait ajouter, elle se voyait mal rester toute seule dans son abri anti-nucléaire avec autour d'elle la France entière rayée de la carte, et en plus rester sans télé, ah ! non là vraiment il y aurait eu de quoi devenir folle.

Qu'est-ce que c'était que ce bruit ? On aurait dit… oui, on aurait dit une scie électrique… Les imbéciles. Voilà qu'ils essayaient de découper la porte de son abri anti-atomique à la scie électrique. Ils pouvaient toujours y aller. Elle était indécoupable sa porte, indestructible même par une bombe atomique, alors une scie électrique… N'empêche, elle aurait bien voulu voir le tableau, Christine Ockrent et toute son équipe déguisés en pompiers en train de se casser le nez sur sa porte blindée avec leurs scies électriques, elle aurait bien voulu voir sa tête à la Ockrent, la charogne elle devait étouffer de rage de voir qu'elle arrivait pas à la déloger de son trou malgré tous ses efforts, pas plus par la force que par la ruse, dire qu'elle avait pu croire qu'il suffirait de se faire passer pour un capitaine des pompiers pour qu'elle lui ouvre, elle la prenait vraiment pour une imbécile.

Neuf heures dix du matin ! Et elle qui avec tout ça allait oublier son rendez-vous quotidien avec Brooke, Ridge, Bridget et tous ses amis d'*Amour gloire et beauté* ! Et qui était là à regarder des pubs sur la Une, alors que ses amis l'attendaient sur la Deux ! Des amis, oui, on pouvait parler d'amis, des bons amis même, dix-sept ans qu'ils se connaissaient, qu'elle les voyait tous les matins de la semaine, sauf bien sûr les samedis et dimanches, les gens lui disaient souvent « Oh ma pauvre dame, vivre toute seule ça doit pas être drôle, et au RSA en plus, et dans un quartier comme ça », et c'est vrai que le quartier était pas drôle, elle ne sortait pratiquement plus, juste le minimum, les courses son pain son jambon et elle rentrait, et encore même comme ça elle se faisait régulièrement insulter et cracher dessus, quand elle se faisait pas arracher son sac, quatre fois qu'on le lui avait arraché, son sac, mais seule, elle ? Allons donc, avec la télé elle ne pouvait pas être seule, à la télé elle avait tellement d'amis, et fidèles, on n'était pas seule quand on avait des amis fidèles comme ça, dix-sept ans qu'elle les voyait tous les matins, ses amis d'*Amour gloire et beauté*. Et pour la première fois depuis dix-sept ans, elle avait failli les rater, oublier leur rendez-vous ! Décidément Christine Ockrent avait mis sa vie sens dessus dessous. Ouf ! Elle était arrivée à temps, ils en étaient juste au générique, eux aussi arrivaient seulement. Pourvu que ça s'arrange entre Brooke et Ridge, depuis quelque temps cette bourrique de Stéphanie recommençait à faire des siennes, elle avait réussi à mettre à nouveau la bisbille dans le ménage, pauvre petite Brooke, après tout ce qu'elle avait déjà souffert, elle aurait mérité de connaître enfin un peu le bonheur, au lieu de ça sa saleté de belle-mère continuait à tout faire pour lui pourrir la vie. Et voilà ! Elle en était sûre ! Elle en avait le pressentiment ! Voilà que Stéphanie recommençait à monter Ridge contre sa femme ! Et Ridge, ce grand benêt, faible et influençable comme il l'était, il écoutait sa mère et il parlait à nouveau de divorcer ! Quelle garce, cette Stéphanie ! Quelle bourrique ! Saleté ! Charogne ! Pourriture ! Saloperie ! ■

Blanche et lui

Roseline Villaumé

« On n'entend plus les cris des oiseaux.
Chacun de nous est confronté à son propre silence. »

Peter Diener

Edouardo.

Un artiste argentin qui avait consacré sa vie au piano, avec une tendresse particulière pour Béla Bartók . Un homme âgé, solitaire.

Il s'était installé en France récemment, en plein cœur des Cévennes. Son piano bleu l'avait suivi ainsi que Miranda, la vieille servante qui approuvait ses bizarreries et le protégeait depuis plus de trente ans. Ils partageaient leur vieillerie dans une complicité silencieuse, sans équivoque. La villa qu'ils habitaient était coquette, isolée en pleine verdure dans le paysage tourmenté des Cévennes. Le piano bleu servait de frontière entre le séjour et le jardin, à l'abri derrière une baie vitrée.

Edouardo assurait encore quelques concerts, principalement à Paris mais passait le plus clair de son temps avec Bartók .

C'était un homme grand, voûté, tout en os. Ses yeux fiévreux brillaient par moments bien que voilés le plus souvent par une fatigue lancinante.

Edouardo était heureux et pensait qu'il en allait de même pour Miranda.

Cet après-midi, le soleil printanier caressait la terrasse qui s'ouvrait sur un parterre de fleurs. La douceur de l'air accompagnait les doigts d'Edouardo sur les touches et les danses populaires roumaines envahirent le séjour avant de s'échapper dans le jardin. Miranda glissait avec son balai entre les meubles de rotin, gagnée par une sorte de frénésie.

Le visage de l'artiste exprimait un vague sourire, une mèche de cheveux blancs couvrait son front. Sa vie lui semblait belle, tellement évidente !

Son regard rencontra le cerisier et se figea alors que ses mains continuaient de courir sur les touches.

Qu'elle était mignonne ! Si légère, aérienne ! Elle se croyait cachée par l'arbre, mais son œil perçant atteignit le vieil homme et le troubla. Il n'en continua pas moins à égrener les notes, miroir nostalgique de l'âme de Béla Bartók .

Elle était toute à son écoute mais disparaîtrait si la musique s'arrêtait, Edouardo ne se faisait aucune illusion sur l'efficacité de son charme. Il se consolait en pensant qu'il était un peu responsable de la magie qui coulait de ses mains.

Miranda ne bougeait plus et observait la scène de ses yeux impénétrables.

Vinrent les dernières notes.

L'apparition frémit, hésita puis décida de s'éloigner d'une démarche singulièrement sautillante.

Edouardo constata le vide qui s'était créé entre les branches et ressentit la présence de Miranda, tout près de lui, comme une intrusion.

La soirée s'étiola !

Demain serait un autre jour !

Ce matin-là, les vieilles joues de Miranda frémissaient de fraîcheur et comme le soleil brillait, Edouardo fumait une pipe, confortablement installé sur la terrasse. Il observait la nature qui l'entourait, cherchant à deviner les mystères de l'ombre. Seules quelques feuilles frissonnaient.

Viendrait-elle ?

Les heures s'étiraient, douces mais amères. Dans l'après-midi, Edouardo rejoignit son piano, laissant Miranda se battre avec le balai. Ses doigts suivaient les touches alors que les yeux guettaient les mouvements du jardin.

La dernière danse s'acheva, pas de visiteuse !

Elle était là ! Il ne l'avait pas vue. Son apparence irréelle le toucha plus que jamais. Elle semblait s'habituer à sa présence car son regard s'adoucissait. Le silence s'installa. Edouardo ne tenta pas le moindre mouvement, elle ne bougeait pas non plus. Petit à petit la gêne s'estompa. La petite risqua des pas vers lui… Le temps suspendit son vol…

Les paupières d'Edouardo s'étaient fermées. Quand il les rouvrit, il ne la vit plus. Elle en avait profité pour disparaître.

Deuxième soirée grise.

Le soleil s'obstinait à se lever. Les jours qui passaient apprivoisaient la petite. Elle ne manquait aucun rendez-vous avec Bartók et accompagnait les soirées d'Edouardo de sa présence blanche. D'ailleurs, il l'appelait « Blanche », car elle gardait pour elle son secret. Il lui était reconnaissant de rester près de lui, très près parfois quand une caresse le frôlait. Volontaire ? Peut-être pas. Miranda n'existait presque plus pour lui et faisait corps avec les murs. La soirée chaleureuse ne se déroulait que pour eux deux.

Les nuits d'Edouardo restaient solitaires.

Enfin, alors qu'endormi il rêvait probablement

de Blanche, il devina une présence chaude contre sa nuque. Il n'était plus seul dans son lit. La malicieuse dévergondée alla jusqu'à piquer quelques poils de sa barbe, dans le but évident de le réveiller. Désirant partager son sommeil avec elle, il ne broncha pas.

Les jours et les nuits qui suivirent installèrent leur relation dans une douceur enivrante. Ils cheminèrent ainsi plusieurs mois. L'ombre de Miranda veillait sur leur bonheur fragile. Blanche savait se faire désirer, s'amusait à ponctuer d'aller et retour sa présence. Lui, aimait jusqu'à l'irritation qu'elle lui procurait.

Un jour, le téléphone se mit à vibrer. Edouardo était attendu à Paris pour un concert. Impossible de refuser, il devait la quitter.

Lorsque la vieille guimbarde s'éloigna du jardin, Edouardo photographia du regard l'image de Blanche, installée aux pieds de Miranda qui écossait des petits pois sans se préoccuper de la petite. L'ombre du cerisier flottait au-dessus d'elles.

« À Paris, tout est gris ! » Edouardo remontait la grande avenue alors qu'une foule discontinue remuait autour de lui. Ses muscles ankylosés gémissaient, sa démarche était hésitante. Au loin, la tour Eiffel lui indiquait le chemin, campée sur ses quatre pattes fantasques. Le concert avait lieu près de là.

Edouardo rejoignit la salle assourdissante et les mélomanes enthousiastes. L'atmosphère était chaude, trop chaude !

Il ressentit une douleur à la tête, ses doigts étaient gourds.

Ce fut à lui de jouer. Il dû affronter les danses roumaines, salué par des ovations qui lui semblèrent hystériques. Il s'exécuta. Les notes se chevauchaient à une allure vertigineuse.

L'air lui manqua, un voile gris bloqua ses yeux, une explosion surgit au plus profond de lui.

Ce fut le noir brutal, le silence. Il percevait des bruits étranges, sortes d'appels alors qu'il planait maintenant au-dessus de sa dépouille et qu'un froid définitif l'envahissait.

Cette chaude présence sur sa nuque... Ce frôlement léger... des poils de sa barbe tirés... Blanche !

Les yeux fiévreux d'Edouardo s'entrouvrirent, mus par l'émotion. Ce qu'il découvrit le stupéfia. Il était allongé sur un lit d'hôpital, les bras en croix, retenus par des fils d'où s'écoulait un liquide. Il ne pouvait pas bouger. L'un des fils s'était échappé de son socle et gisait dans son cou, perdant son jus amer. D'où cette sensation merveilleuse de douceur duveteuse. L'aiguille devait frôler sa barbe et le piquer.

La pièce baignait dans le blanc, une femme en blouse blanche se penchait sur lui. Toute cette blancheur lui arracha un sourire.

Assise dans un coin de la chambre, Miranda dormait, les bras repliés sur ses seins encombrants. Le jour fuyait par la fenêtre. Edouardo s'évada dans un sommeil réparateur.

Le temps s'écoulait doucement...

Edouardo tenta quelques pas dans un parc fleuri. Il s'appuyait sur Miranda et savourait le silence qu'elle lui offrait. Les feuilles s'agitaient autour de lui en s'échappant des arbres, chatouillant sa nuque comme pour le provoquer, l'inciter à reprendre goût à la vie. Le bout du chemin conduirait peut-être à son jardin, à la terrasse et au piano bleu. Peut-être aussi...

Il revint chez lui. Ses os saillaient encore davantage. Le piano bleu restait coi. Miranda époussetait les meubles en fredonnant.

Un beau jour pourtant, Edouardo rejoignit la terrasse d'un pas hésitant. Le printemps était au rendez-vous avec son cortège de fleurs.

Les fleurs... seulement ?

Toutes retrouvailles exigeant des prémices, il lui restait un dernier effort à tenter avec la complicité du piano et de Bartók. Ses doigts las firent jaillir les notes.

Et le miracle se produisit !

Dans un froissement d'ailes, Blanche s'échappa du cerisier, se posa sur l'épaule d'Edouardo et picota de son bec ému la barbe clairsemée.

Devant la porte de la cuisine, Miranda souriait. .■

Cette nouvelle a été éditée, dans le recueil *L'Ange du transsibérien*, par « editeur-livres.com », Jerôme Do. Bentzinger, en 2017.

GEORGES **MAUREVERT** (1869-1964)

Journaliste et homme de lettres, Georges Maurevert appartenait à cette génération de beaux esprits qui, à défaut d'avoir obtenu la gloire ou la fortune, s'était établie solidement sur les bases d'une grande culture doublée d'un appétit constant de labeur, lequel prenait tout son sel dès lors qu'il rimait avec savoir.
Le 6 septembre 1924, son ami Camille Mauclair signait dans *Les Nouvelles littéraires* cet attachant portrait de lui : « Je l'ai connu à Paris, il y a plus de trente ans, lorsqu'il habitait, rue de l'Orient, une singulière petite bicoque avec jardin que lui avait cédée le peintre Ziern, son vieil ami. Maurevert descendait, alors de cet ermitage montmartrois pour flâner sur le boulevard et dans plusieurs rédactions. Il y avait des amis littéraires et sportifs, il y donnait des articles d'information et d'érudition toujours curieux et de forme châtiée. Il était aimé pour sa droiture, sa courtoisie, sa serviabilité, son humeur chevaleresque et son goût du paradoxe et de la grandiloquence romantique. Il se liait avec des actrices et des escrimeurs, des ballerines et des peintres, des poètes et des courtisanes, en amoureux de tous les aspects de la société. Ses dieux étaient Barbey, Brummel, Bloy, Villiers, Maeterlinck. Il eût pu devenir un grand informateur, un subtil interviewer d'intellectuels. Mais il avait le travail lent et le caractère indépendant, de l'entregent, mais l'échine impossible à ployer : et l'idée de l'arrivisme le faisait pouffer. Un beau jour, il s'en alla.
Il s'établit à Nice, qui lui sembla le plus délicieux pays du monde. L'hiver, il y voit tous les artistes qui passent : l'été, il

a les joies du canot et de la baignade au cap Ferrat, ou des promenades dans les Alpes-Maritimes, ou des sports de Peira-Cava. Il vit comme un sage, avec pipe et bouquins, dans un logis clair, avec toute la Méditerranée sous son balcon.

C'est un analyste retors, un patient chasseur de documents, passionné de savoir, désintéressé, s'attachant à un sujet et ne le quittant qu'après complet épuisement. Maurevert fait les livres qu'il lui plaît de faire, et leur donne tout le temps qu'ils veulent. Il a écrit un livre sur *L'Alcool contre la France*.

Il en a fait un réquisitoire terrible. Il a écrit *Fisc et Blason* pour demander que les entichés de noblesse souvent fausse payassent l'impôt sur la vanité. Ayant tout lu, il s'est diverti à composer avec le *Livre des Plagiats* le recueil le plus follement comique, et le plus probant, des emprunts d'auteurs célèbres. Tout cela est bardé de documents assemblés avec clarté, verve et esprit. Maurevert est aussi un excellent conteur et un chroniqueur savoureux. Il y avait, dans *La Bague de plomb*, ou *Line mon amour*, des récits composés avec une science de l'effet et de l'énigme révélant le féal de d'Aurevilly et de Poe. Il y en a de plus achevés encore dans le volume qu'il nous donne aujourd'hui, *l'Affaire du grand Plagiat* : langue ductile et riche, composition stricte, humour mêlé au tragique fantastique, on y trouve ces mérites et d'autres encore, ceux d'un talent solide et amusant. Maurevert écrit ces pages à Nice, et il les fait publier à Amiens, dans cette librairie Malfère, où l'on édite de si bons livres sans l'aide de la réclame. Puis il nous les envoie. Quand il en aura composé d'autres dont il sera satisfait, nous les recevrons. Il ne se presse pas, il travaille pour son plaisir, et nous y trouvons le nôtre : c'est tout ce que demande ce galant homme et ce remarquable lettré, libre, sceptique, généreux, revenu de tout sauf d'obliger, et qu'on ne peut connaître sans aimer. »

Si la peinture est généreuse et digne, il se peut qu'elle néglige le travail pour dresser plus aisément la figure de l'esthète regorgeant de facilité. Georges Maurevert, qui goûtait à l'évidence des douceurs de la Côte d'Azur, n'en était pas moins alors le directeur de *L'Eclaireur de Nice*, poste qui réclame des heures de présence et de lucidité, dans une ville qui ne manquait pas de vie et dont les enjeux économiques et politiques n'étaient pas moindres que dans les métropoles régionales voisines. En 1913, *Le Monde artiste* montrait Georges Maurevert, « charmant et délicat poète, esprit érudit et fin, qui, chaque hiver, émigre sur les bords méditerranéens ». « L'adorable Baie des Anges » ne l'avait pas encore totalement envoûté. Il lui consacrait cependant déjà des lignes « délicieusement colorées. Des Pensées ingénieuses et profondes, de séduisantes images ».

Né Georges Leménager le 3 juin 1869 à Paris, il était issu d'un milieu aisé et partageait son existence dans les années 1890 entre Marnes-la-Coquette et la rue parisienne Milton. Il fréquentait alors Montmartre et ses peintres, en particulier Henry de Groux et Félix Ziem. Il connut également Léon Bloy qu'il finança à l'occasion et se rapprocha, alors qu'il est un catholique libéral selon Bloy, des anarchistes. Il était un habitué du *Napolitain,* un grand café situé au commencement du boulevard des Capucines, où il croisait ses amis Catulle Mendès et Laurent Tailhade, Jean Moréas, Alphonse Allais ou Georges Courteline. On ignore pourquoi il choisit pour pseudonyme le nom de Charles de Louviers, seigneur de Maurevert qui fut chargé par Catherine de Médicis d'exécuter l'amiral de Coligny (1572). Le bretteur sommeillait sans doute en lui car à l'époque, grand admirateur d'Edouard Drumont, il débuta sa carrière de journaliste dans *La Libre Parole* de triste mémoire. Fréquentant dans le même temps Emile Pouget, le fameux directeur du *Père Peinard*, il deviendra reporter judiciaire à *l'Echo de Paris* (1895) et opta pour la presse dreyfusarde dès lors qu'il fallut choisir (*La Volonté* ou *C'est Clair*).

Après ses années d'arpentage parisien, il opta pour Nice et s'engagea d'abord au *Petit Niçois*, puis entra à la rédaction de ce qui deviendra son organe, *L'Eclaireur de Nice* où signent déjà Camille Mauclair et Pierre Borel. Nice est une ville qu'il aime. Il en relate d'ailleurs les particularités avec gourmandise. Y compris ces privautés et immoralismes comme le fit son confrère Jean-François Louis Merlet (on dénombrait assez de jeunes gens entretenus par de vieilles richissimes pour écrire un assez grand nombre de récits bien originaux – *Erôs et la Riviera*, avec Emeran C. Du Maine, P., Radot, 1927). Maurevert fréquente alors Jean Lorrain et Pierre Louÿs ou Maurice Maeterlinck. Mais par ailleurs, Maurevert s'entend aussi très bien aux arcanes de l'histoire littéraire. – il connaît en particulier assez bien celle des manuscrits de Rimbaud dont il fait publier quelques inédits dans *La Revue littéraire de Paris et de Champagne* en 1904 pour le propriétaire des manuscrits, Bernard Millanvoye.

Maurevert est, à l'instar de ces vieux professionnels de la presse que furent Merlet ou Jean Galtier-Boissière, un briscard à qui on ne la raconte pas : il en connaît des vertes et des pas mûres, collecte nombre de détails de l'histoire culturelle – qu'il donne régulièrement à *l'Intermédiaire des Chercheurs et des Curieux* ou au *Mercure de France*, quand il ne collabore pas à la *Revue Britannique*, et, dans les années 1930, au *Crapouillot* – c'est du reste lui qui signe le fameux numéro à scandale du magazine consacré à la Légion d'honneur. Suivent des années de guerre durant lesquelles il ne craint pas de signer dans *L'Alerte*, un journal pétainiste (Léon Bailby dir.), en même temps que Montherlant, Abel Gance, Jean Renoir, Maurice Martin du Gard et Guillain de Bénouville. Et même Guy des Cars… (information Gilles Picq). Maurevert aura même l'inconscience ou l'audace de publier un texte dans le dernier numéro de *Je Suis Partout* le 16 août 1944, c'était un souvenir issu des mémoires du policier Canler… Et c'est dans le domaine de l'érudition littéraire qu'il poursuivit ses écritures grâce à *Quo Vadis*, la continuation de la revue *La Guiterne* de J.-L. Aubrun où se retrouvaient Fernand Divoire, Louis de Gonzague Frick et René-Louis Doyon, etc. Amateur et praticien d'espéranto, haut connaisseur de l'héraldique, on retiendra que Georges Maurevert fut particulièrement affuté dans le domaine de la traque du plagiat. Il était influencé par ses *Questions de littérature légale* par lesquelles Charles Nodier montrait, une fois encore, la pertinence de ses interrogations littéraires. Georges Maurevert ne signa finalement qu'une petite poignée de fictions… Il s'éteignit le 18 juin 1964 dans sa belle ville de Nice où l'on se souvint de sa grande campagne contre les panneaux publicitaires de 1912, de sa lutte contre l'alcoolisme et de ses qualités d'arbitre de boxe. Celui qui fut le témoin de Laurent Tailhade lors d'un duel avait donc à dessein choisi son pseudonyme.

Eric Dussert

La nouvelle « Les Étrennes de l'arriviste » *est issue du recueil* La Bague de plomb. *Illustrations de MM. George Auriol, Couturier, George-Edward, J. Granié, etc. (Paris, H. Simonis-Empis, 1901).*

Les Étrennes de l'arriviste

Georges Maurevert

À monsieur Paul Brulat.

Un billet n'est jamais perdu.
(Statuts de la Banque de France.)

I

Prosper Granulet était, il y a vingt ans, ce que le monde et M. Alcanter de Brahm sont aujourd'hui convenus d'appeler un « arriviste ». C'était le type du jeune homme de lettres au teint bilieux, marchant dans la vie les lèvres serrées et le sourcil olympien, dénigrant les confrères, les maîtres et les chefs-d'oeuvre, affectant un cynisme crapuleux, – d'ailleurs, parfaitement inoffensif, très aisément stupéfait, et, en fait de production littéraire personnelle, ne se guindant guère qu'au mauvais pastiche des gens qu'il avait coutume de mépriser ostensiblement, mais qu'il saluait à basques ouvertes lorsque ceux-ci lui faisaient la faveur, sur le boulevard ou au théâtre, de bien vouloir le reconnaître.

On était bien alors en plein mouvement naturaliste ; on débitait du cochon à toutes les boutiques de littérature. Les disciples d'Emile Zola exagéraient, comme tous les disciples, les méthodes, l'évangile du maître. C'était, sous le prétexte d'analyses aiguës, scientifiques, une débauche d'examens urinaires, excrémentiels, copulatifs, une kermesse universelle de salacités et de dégoutations, qui firent un instant croire à l'univers que la littérature française, illustrée par les Racine, les Voltaire et les Chateaubriand, était devenue l'exclusif patrimoine d'une bande de vidangeurs ou de garçons de maisons chaudes.

Naturellement, Prosper Granulet ne manqua pas de verser dans la sentine ; du premier coup, il atteignit le tuf de l'ignominie. Il publia à Bruxelles un monstre de livre où l'on trouvait une demi-douzaine de viols, quatre avortements, trois incestes, dont l'un anti-physique, – ce produit tératologique marinant dans une sauce de boue et de pus, enguirlandé de descriptions scatologiques, condimenté de mots abominables... Cela s'appelait équitablement *la Grande Charogne.*

Il avait eu l'inconscience ou le toupet d'aller demander une préface à Emile Zola. Ce dernier, après avoir parcouru l'ordure, la retourna à Granulet avec une lettre de refus d'où nous extrayons cette phrase : « Votre livre, monsieur, m'a fait comprendre ce passage de la Genèse, où il est dit que Dieu se repentit d'avoir créé l'homme... Si j'étais sûr que c'est de mon œuvre que découle l'immondice que vous me soumettez, je n'hésiterais pas à la répudier à tout jamais en demandant pardon, à genoux, à l'humanité... »

Prosper Granulet publia simplement cette lettre en guise de préface : *La Grande Charogne*, précédée d'une lettre d'Emile Zola. C'était le couronnement inattendu de l'œuvre, l'auréole de Prosper Granulet.

Maintenant, ça n'était pas tout !... Il fallait, à sa marie-salope, un lancement sérieux dans l'océan de la librairie. Granulet avait une petite fortune qui lui sembla devoir faciliter la chose.

En faisant son service de presse, c'est-à-dire

en envoyant aux journaux, aux revues, aux critiques fameux, un exemplaire dédicacé de *la Grande Charogne*, une idée lumineuse lui vint comme il lisait sur la liste d'envois le nom du célèbre Hilarion Ramonneau, renommé pour sa vénalité – et cependant l'un des seuls critiques dont l'opinion impressionnait la foule, était un viatique certain pour la vente. Un article de Ramonneau dans *l'Actualité*, c'était le branle donné au carillon de la vogue.

Prosper Granulet savait toutes ces choses. Il ouvrit son portefeuille, y cueillit un billet de mille francs qu'il inséra délicatement entre deux pages non coupées de son livre. Puis il saisit sa meilleure plume, et de sa plus belle écriture, il écrivit sur la page de garde de l'exemplaire cette dédicace superbe :

Au maître Hilarion Ramonneau
ce livre de vérité
avec la certitude que certains passages lui plairont.

Il souligna le mot certains – et signa héroïquement : Prosper Granulet.

Alors, il lui sembla que toutes les trompettes de la Renommée, les clairons de la Gloire, sonnaient à ses oreilles la Marche Triomphale de *la Grande Charogne* et l'entrée aux panthéons futurs de son heureux auteur.

Il attendit impatiemment un mot de Ramonneau lui annonçant réception de son livre… et du billet. Il attendit une semaine ; il attendit quinze jours – vainement…

— Bah ! Pensait Granulet, Ramonneau a tant à faire, ça n'a rien d'étonnant… Et puis, il craint de se compromettre… Mais, un de ces matins, j'aurai mon article… Et qui est-ce qui crèvera de rage… ? Ça sera les bons petits camarades !…

Il attendit encore un mois… Puis un trimestre

se passa... Un beau matin, un an après son envoi, Granulet, en ouvrant son journal, apprit que l'éminent critique Hilarion Ramonneau venait de mourir.

— Sale crapule ! rugit Granulet... Tu as empoché mes cinquante louis sans parler de mon bouquin !... Ça t'a porté malheur, c'est bien fait !...

II

Le 14 janvier de cette année, un individu d'apparence plutôt minable, déambulait le long des quais, aux environs de l'Institut. Il était vêtu d'une loque météorique qu'on pouvait présumer avoir été un pardessus d'été initialement gris, mais qui réalisait à présent le « tiroir » de la Ballade de l'Arc-en-ciel, de Maurice Rollinat :

Bleu, rouge, indigo, vert, violet, jaune, orange.

Son pantalon effrangé rappelait vaguement les chausses mexicaines et son tube accordéonesque les plus mauvais jours de notre histoire... Ah ! Dans la neige fondu et la boue, le chant dolent des pompes aspirantes et foulantes qui lui servaient de « ribouis » !...

La face du personnage était hâve et sa barbe grise, mal taillée, était longue. Vraiment, il fallait avoir la bosse de la divination pour reconnaître en ce lamentable hère, qui paraissait marcher dans un nuage de détresse, l'éblouissant, le fulgurant Granulet de jadis – car c'était lui, l'augural et fastueux arriviste Prosper Granulet !...

C'était à se demander quel mistral d'infortune, quel ouragan de déveine, avaient bien pu le pousser à ce point culminant d'abjection ! Car enfin, il était riche, Prosper Granulet, et, comme on dit, pas plus bête qu'un autre...

Oh ! Mon Dieu ! C'était bien simple… la plus grande partie de sa fortune avait disparu dans le gigantesque krach de 1885 – et le restant dans le Panama… Ça n'était pas plus malin que ça…

En bon snob de littérature, il avait pris le vent et suivi la mode… il avait lâché le naturalisme pour Bourget et les psychologues, puis la psychologie pour le décadisme et Anatole Balabalaju ; il avait ensuite renié Baju pour l'instrumentisme – mais une polémique au sujet de la couleur de la voyelle U le jeta dans les bras de Jean Matamoréas qui couvait alors le Symbolisme. Il fut l'un des plus notoire piliers du café Voltaire et l'un des « élus des nymphes de la Seine »… Dirais-je qu'entre temps il avait fait de l'anarchie et de l'hermétisme, exalté Félix Fénéon et conglorifié les pieds de Péladan…

La malheureuse opération financière de M. de Lesseps mit une fin à ses avatars… Granulet disparut d'un coup, sans bruit, comme un caillou dans un puits… On s'en inquiéta quelque temps dans les rez-de-chaussée et les sous-sols que se lèguent pieusement les diverses écoles littéraires… On pensa qu'il était mort – ou en province… Deux mois après, on n'y pensait plus.

Granulet n'était ni en province, ni défunt. Il était à Paris, vivant d'un emploi que son orgueil lui avait fait choisir obscur, correcteur dans une petite imprimerie de Grenelle…

Il y resta quatre ans… Une querelle avec le prote l'en fit partir. Il vécut de métiers divers ; puis il tomba malade… Alors, ce fut une dégringolade dans la misère. Il connut les garnis louches et les gargotes – voire les couchers à la belle étoile et les déjeuners par cœur…

Enfin, ce 1er janvier, il errait sur les quais, sans un sol en poche, l'estomac vide depuis la veille, n'osant réintégrer le taudis fangeux pour lequel il devait une quinzaine au logeur – et décidé à en finir une bonne fois avec l'existence en piquant une tête dans la Seine, roulant devant lui ses eaux limoneuses.

Il s'était donné jusqu'au bout du Pont des Arts...

Là, c'était le cap de ses amertumes, l'Ultima Thulé de ses afflictions... Il enjamberait la balustrade... et ce serait le saut libérateur dans l'éternité – en face de cette Académie qu'il avait tant blaguée, jadis.

Saisi d'une fièvre de suicide, d'une boulimie du néant, il pressa le pas, jetant distraitement, par une dernière habitude d'écrivain, ses regards dans les boîtes de livres garnissant le quai, sa tenue et sa démarche équivoques suscitant l'attention inquisitoriale des bouquinistes.

Soudain, dans une boîte à deux sous, un titre sur une couverture rouge-sang bien connue, frappa ses yeux... il s'approcha...

La Grande Charogne !...

Il se souvint du four noir de son œuvre, de la juste conspiration du silence établie autour, enfin de sa chute perpendiculaire dans les abîmes de l'oubli... Lui-même avait aidé à son oblitération, lors de son lâchage du naturalisme... Une fois devenu l'un des gonfaloniers du Décadisme, il avait renié la production, ne souffrant point qu'on lui en parlât... Il en était même arrivé à soutenir que *la Grande Charogne* était l'œuvre d'un homonyme, d'un vague cousin...

Et voilà qu'au moment d'appareiller vers les mondes inconnus de la Mort, cette faute de jeunesse surgissait comme un labarum flamboyant de désespérance !... Ça, c'était la punition souveraine, la dernière douleur, la lie nidoreuse du calice...

Il n'y avait qu'une noble page dans l'innommable chose : c'était la lettre d'excommunication d'Emile Zola... Granulet voulut la relire... Il lui sembla que ce serait comme une pénitence *in extremis*, rachetant son péché de littérature, – une prière des morts épigraphiant de beauté son agonie.

Il s'avança, prit le volume, tourna la couverture... Ô surprise ! À la feuille de garde resplendissait la dédicace à Hilarion Ramonneau !... Comme en un rêve, il considéra le bouquin ; les feuilles n'en étaient même pas coupées. Le livre avait dû être bazardé aussitôt que reçu ; personne ne s'était jamais avisé d'acquérir le roman sans gloire – et il avait roulé des fonds arachnéens de boutiques au sépulcre poussiéreux des quais...

Une espérance – folle ! – tordit le cœur du malheureux ?... Oh ! Si, par hasard, le billet de mille, envoyé jadis pour s'assurer les bonnes grâces du critique, y était encore !... Il n'osait... non, il n'osait s'en assurer !... À toutes ses déceptions, en ajouter encore une – la plus cruelle, peut-être, à quoi bon !...

Enfin, il se décida... Avec une hâte indicible, il se mit à froisser les pages du milieu, celles où il savait avoir inséré le billet... ... Tout à coup, il chancela !... Les quais, les boîtes, la Seine, l'Institut, lui parurent tourner en une ronde fantastique !...

Il y était !... Il y était, oui, là... entre les pages 156 et 157 !... Mon Dieu !

Il se fouilla précipitamment... Malédiction !... il n'avait pas les deux sous nécessaires à l'achat du trésor !... C'était l'ironie suprême, le coup de Jarnac du destin !

L'idée lui vint d'emporter le livre, de se sauver à toutes jambes... Mais quoi !... le bouquiniste s'approchait, inquiet du manège de ce singulier client... En les méninges faibles de Granulet, une idée jaillit ! Il s'y raccrocha comme le noyé à la bouée salvatrice... Il eût la force inouïe de reposer le volume, d'affecter un air tranquille – de s'éloigner...

Il passa sur le trottoir opposé ; là, se tournant, il jeta vers l'étalage un effroyable regard d'angoisse...

Le marchand bouquiniste, grommelant, inspectait la boîte, remettait le livre en place... Joie !...

Granulet se posta au coin du quai et de la rue Bonaparte, un œil sur le trésor... Un monsieur, emmitouflé dans ses fourrures, passa. Granulet, chapeau bas, l'interpella :

— Monsieur, je n'ai pas mangé depuis deux jours !... Faites-moi la charité, mon bon monsieur... C'est aujourd'hui le jour de l'an... Cela vous portera bonheur...

Le bourgeois regarda le miséreux. Il y avait un navrement si infini dans les yeux de Granulet que le cœur lui mollit... De ses doigts gantés, ne se doutant pas qu'il apparaissait, en cet instant, aux yeux de Granulet, nimbé de lumière comme un séraphin, il fouilla dans une poche, en tira une pièce de dix centimes, dont le quémandeur s'empara, férocement.

— Merci... Merci...

D'un bond, Granulet franchit la chaussée...

Le marchand commençait à fermer ses boîtes – le crépuscule tombant – quand Granulet lui apparut de nouveau.

— Je viens... je viens acheter un livre... que j'ai vu tout à l'heure... là... dans cette boîte...

Grognon, le bouquiniste proféra :

— Eh bien ! C'est pas pour dire !... Il vous en faut du temps, vous, pour vous décider !... Deux minutes plus tard, et je bouclais...

Granulet retrouvait *La Grande Charogne*, donnait ses deux sous, et, vacillant de joie, s'éloignait à pas rapides.

Le bouquiniste, haussant les épaules, le regarda partir.

— Si c'est pas malheureux, tout de même !... Ça crève de faim, et ça s'achète de la littérature !...

III

L'autre jour, au *Napolitain*, Robert Duredon, le symboliste devenu chroniqueur, rencontrait le poète Jean Caroval, récemment représenté à la Comédie-Française. Les deux camarades se mirent à causer du vieux temps, des camarades de jadis, arrivés ou disparus…

— À propos, dit soudain Caroval, te souviens-tu de Prosper Granulet ?… mais, oui, tu sais bien, le tenant de Balabalaju et du Geste ingénu ?… Je te donne en mille à deviner où je l'ai retrouvé cet été !…

— Sais pas, moi… Dans la salle de jeu de Monaco… À la dernière exécution…

— Faut toujours que tu blagues !… À la Grande Chartreuse, mon bon !… Figure-toi, j'étais à Grenoble, en juillet dernier, chez mon père… L'idée nous vint d'aller faire un tour à la Grande Chartreuse – et là, j'ai reconnu mon bonhomme déguisé en moine !…

— Allons donc, la chose est farce !… Il avait commencé par *La Grande Charogne* ; il a fini par la Grande Chartreuse… Hein ! La fatalité des noms !… Tiens, j'y pense, ça fera le sujet de ma prochaine chronique… ■

Lire...

Maurice Fickelson

(1923-2016)

Le 29 mars 2016 s'éteignait à Paris l'écrivain Maurice Fickelson. Auteur discret d'une poignée d'ouvrages, il a pour les lecteurs de nouvelles laissé plus d'un texte appréciable. Il était né à Paris le 24 avril 1923 et ne s'était tourné résolument vers la littérature qu'après avoir entamé une carrière d'ingénieur spécialisé dans la résistance des matériaux de construction. Il avait cependant commencé à écrire dès la fin de son adolescence et trouvé chez Jacques Brenner, le directeur de la revue Les Cahiers des saisons, *qui l'évoque dans son journal (5 vol., Fayard, 2006-2008) un premier accueil encourageant, publiant une quinzaine de ses textes – Finkelson aura du reste toujours le réflexe « revue » collaborant au fil du temps à la* NRF, Minuit, Roman *ou* Pleine Marge *et cette liste n'est pas exhaustive.*

Son premier roman, Dod *(Grasset), lui vaut d'emblée une reconnaissance symbolique très forte. S'il manque le prix Médicis 1968 à l'avant-dernier tour, il n'est pas moins l'espoir littéraire que la profession salue alors que la saison est riche en impétrants promis à un belle carrière littéraire – ne citons que Deniel Apruz et* La Baleine, *Christian Guidicelli et* La Leçon particulière, *et un certain Patrick Modiano avec* La Place de l'Etoile. *Maurice Nadeau place d'emblée Maurice Fickelson en tête de ses lectures de l'année, suivent Jean Montalbetti (*Les Nouvelles littéraires*), Jacqueline Piatier (*Le Monde*), et François Nourrissier qui se rattrape de sa myopie temporaire en janvier 1969. Maurice Fickelson affiche alors quarante-trois ans et vient de trouver un débouché à son solide talent.*

Après Une soirée chez Azerbach *(Grasset, 1971), la parution de son troisième roman,* La Vie intérieure *(Gallimard, 198) qui lui vaut à nouveau une vague d'articles comme on en voit peu (*Times Literary supplement, NRf, Etudes, Quinzaine littéraire *et* Nouvelles littéraires, *etc.) Kléber*

Haedens, Bertrand Poirot-Delpech, Alain Bosquet, Daniel Oster, Robert Kanters ou Paul Otchakovsky-Laurens lui apportent leurs lecture et suffrage. Jacques Brenner, toujours très enthousiaste lorsqu'il s'agit de son poulain, l'assure : « Lautréamont et Michaux, c'est du côté de ces écrivains que se situe Maurice Fickelson »...

Apprécié pour ses qualités humaines et son humour, Maurice Fickelson poursuivra avec plus de discrétion son chemin. Il donne en 1982 un recueil de proses, Pratique de la mélancolie *(Gallimard), équipé d'un sous-titre qui parlera assurément aux lecteurs de* Brèves *: ces écrits rassemblés appartiennent aux yeux de leur auteur au registre des « contes-nouvelles ». Livre particulièrement délicieux, toutes les qualités de l'écrivain Fickelson y ont cristallisé comme le texte qui suit le montre. Ce recueil est, au fond, comme l'apothéose d'une œuvre mûrie et livrée à point alors que son auteur doucement va se retirer, sans doute négligé plus ou moins par les nouveaux tenants de la maison d'édition – c'est alors l'heure du renouvellement des cadres –. Il faut admettre que Maurice Fickelson appartient à la famille rare des rêveurs, celle qui s'honore de reconnaître Roger Rudigoz, J. M. A. Paroutaud, Christian Bachelin, Jean-Louis Trassard, Yves Martin, Louis-Paul Guigues, etc., engeance assez délicate dont le Barnum éditorial piétine sans y prendre garde les fruits, trop heureux de suivre la trompe éclatante des barrisseurs de succès.*

Lire Maurice Fickelson procurant un très grand plaisir et un indéniable bénéfice, il était juste qu'on lui rende ici un bref hommage, ne serait-ce que pour briser un peu le silence qui tente d'enfermer son œuvre dans une gangue d'oubli.

Eric Dussert

Des guetteuses nues sur la falaise

Maurice Fickelson

Les jeunes filles du village se mettent pour guetter sur la falaise. Ce qu'elles guettent, elles ne le sauront qu'après l'avoir attiré. C'est pourquoi, dès l'aube, elles offrent la beauté de leur corps au vent du large, dans l'attente de ce qui surgirait de l'horizon un jour et s'avancerait fatalement comme au signal de leur chevelure dénouée que tout à l'heure alourdiront les embruns. Leurs mères l'ont fait avant elles, et les mères de leurs mères. Vieille coutume, dirait-on dans les dépliants touristiques, si l'on en parlait. Mais on n'en parle pas. Et personne dans le pays. On ne veut pas savoir. Les hommes se murent dans une ignorance butée. Même les jeunes gens : ils iront plutôt s'émanciper sur les plages alentour. Toute la côte connaît un remarquable développement balnéaire ; on aménage des stations ; on construit ; les ports de plaisance se multiplient ; à la belle saison, la mer se couvre de voiles. Il était donc inévitable que quelques-uns des plus hardis de ces néophytes de la barre et de l'écoute, sortis tôt le matin aperçoivent les jeunes filles sur la falaise, et que l'on se passe le mot. Ils sont des dizaines, depuis, à louvoyer pour approcher de la falaise et frôler les récifs afin de mieux voir ce qui se tient là-haut et que bientôt on se désigne du doigt avec de gros rires. Alors les guetteuses confuses courent en larmes se réfugier auprès de leurs mères qui les consolent et leur disent : « Ils seront de plus en plus nombreux, on ne peut aller contre son époque, continue de guetter ma fille, puisque c'est ton devoir, mais ne le fais que les jours de gros temps, lorsque les bateaux sont retenus au port, et tu cesseras d'être importunée. » Les filles soupirent en imaginant le vent et la pluie sur leur corps nu, puis elles regardent leur mère et songent que dans peu d'années elles auront à leur tour le même visage usé par l'âge et l'attente, qu'il leur semble voir pour la première fois. Ce n'est pas un avenir, se disent-elles. ■

les auteurs du numéro

Jean Pézennec

est né et vit à Nantes. Il commence par écrire dans les années 1980, sous le pseudonyme de Jean Legeay, des sketches pour le café-théâtre et la télévision. À partir des années 2000, tout en poursuivant l'écriture de textes de théâtre (quinze recueils de sketches, un recueil de monologues et une comédie satirique publiés depuis 2001 aux éditions Art et Comédie et aux éditions Librairie Théâtrale, sous le nom de Jean Legeay), il passe à l'écriture de nouvelles et de proses. Il a publié un recueil de nouvelles et une novella satirique aux éditions Émoticourt, et des nouvelles et proses courtes dans divers recueils collectifs et diverses revues francophones, notamment dans *Brèves* (n°75, n°94 et n°103) mais aussi dans les revues l'*Archipel, Catarrhe, Les Écrits,* ainsi que dans *L'encrier Renversé, Microbe, Moebius* et *Patchwork, Spantole, Traction-Brabant, XYZ.*

Alain Emery

est né à Saint-Brieuc en 1965, est l'auteur d'une trentaine d'ouvrages de tous genres (polars, biographies, chroniques et livres d'art) dont dix recueils de nouvelles, parmi lesquels, *Divines Antilopes, Les Porcelaines, D'aussi vastes déserts* – finaliste du prix Boccace 2014 – et *La racine du fleuve).* Lauréat d'une trentaine de concours de nouvelles, il a également signé des fictions pour Radio France, publié en revue (*Matricule des Anges, La femelle du requin, Brèves, Harfang…*) et participe à de nombreuses anthologies. Après *Passage des mélancolies*, aux éditions de la Gidouille, (Prix des lecteurs de la librairie Le Grenier et 1er finaliste du Grand Prix du roman des écrivains bretons), *D'ombre et d'argile*, il vient de publier, à ces mêmes éditions, *Tant espérer des nuits*, roman autour de Modigliani, préfacé par Mérédith Le Dez.

Roseline Villaumé

est comédienne et metteur-en-scène. Elle s'est formée au Conservatoire National Supérieur d'Art Dramatique de Paris. Elle obtient un prix de la SACD au concours de sortie en 1973. Ensuite, elle travaille à Paris avec Philippe Adrien, Jean Meyer, Simone Benmussa, Jacques Spiesser, Gérard Caillaud, Pierre Franck... pour le théatre. Avec Jacques Doillon, Philippe Condroyer, Bernard Paul, Bertrand Tavernier, Jacques Fansten, Jean Claude Brialy... pour le cinéma, ainsi que pour la télévision dans les séries *Le Commissaire Moulin, Madame le Juge, L'instit... Candice Renoir.*

Installée en Languedoc-Roussillon à partir de 1982, elle se spécialise dans la mise en jeu de textes littéraires, dans la formation en milieu scolaire. Aujourd'hui à la retraite, elle vit à Villeurbanne et s'implique dans l'écriture. Elle se consacre aux nouvelles et de romans courts, essentiellement.

Vient de paraître :

Complaintes du point noué, roman aux Editions Domens, et Livres EMCC en 2019.

Anne de Margerie

a gardé de sa naissance à Marseille un goût prononcé pour les terres de soleil, mais a passé la plus grande partie de sa vie à Paris. Un échec au concours de l'Ecole du Louvre fait qu'elle entre dans l'édition et y restera avec une spécialité : l'Histoire de l'art et l'iconographie.

Successivement chez Stock, aux éditions du Chêne, puis chez Mazenod et enfin a dirigé l'édition et l'image à la Réunion des Musées nationaux. A écrit un nombre impressionnant de prière d'insérer et de textes de 4e page de couverture totalement utilitaires et quelques petits livres : une biographie de *Valentine Hugo* chez Jacques Damase, un livre de nouvelles avec la complicité de copains américains éditeurs, *Les Rendez-vous de Margaret* chez Lustrum Press, *Si loin, si proche* dans la collection « En un mot » aux éditions Quart Monde, mouvement dont elle partage le combat depuis de nombreuses années.

Aujourd'hui elle se partage entre Paris et Uzès sous le soleil et dans le vent...

Myriam Linguanotto
vit à Lyon depuis quatre ans. Écrit des nouvelles sur les traces de ses origines italiennes, dont certaines ont été publiées dans les revues *X,Y,Z* et *Rue Saint-Ambroise.*
Un texte de narration non fiction est paru dans la revue électronique *Nerval.fr.*

Jean-Marie Alfroy
est né en 1942. Il a longtemps partagé sa vie entre son Berry natal et la Haute-Provence. D'abord essayiste (thèse sur André Pieyre de Mandiargues), puis romancier (deux ouvrages chez Gallimard), Jean-Marie Alfroy a cessé pendant vingt ans son activité littéraire pour se consacrer au journal intime.
Membre du comité de rédaction des *Cahiers de la rue Ventura*, de 2011 à 2017, il a renoué avec l'écriture poétique ; il a paru dans une quinzaine de revues et publié trois recueils chez « Encres vives ».

Depuis 2017, il anime « Le blog de Jean-Marie Alfroy », consacré à la littérature.
http://jm.alfroy.over-blog.com/

Daniel Juré
est né à Caen en 1957, plasticien (peinture, sculpture, céramique, photographie), vit et travaille à Reviers (Normandie). Auteur de plusieurs recueils de poèmes, il publie un premier roman, *La belle Zélie*, aux Editions Le Vistemboir en 2018.
Publications : *À l'ombre d'Amon*, textes, poésie et dessins, Éditions L'Inventaire 2000 ; *De flux et de jusant*, textes, poésie et dessins, Édition Conseil Général de la Manche 2001 ; *Quai des Songes*, textes et images, Éditions Les Cahiers du Temps 2005 ; *Carnets égyptiens*, texte, poésie et dessins Orient Éditions 2013 ; *L'ardoise du Pélican* roman, Édition numérique chez Librinova

Saïd Mohamed

est né en Basse-Normandie d'un père berbère, terrassier et alcoolique et d'une mère tourangelle lavandière et asociale. Nomade dans l'âme, il est tour à tour, ouvrier imprimeur, voyageur, éditeur, chômeur, et maintenant enseignant à l'école supérieure Estienne.
A publié en poésie, au Dé bleu, aux éditions des Carnets du dessert de lune, Apeiron…
Il a également publié en prose aux éditions EDDIF, *Paris Méditerranée*, Arganier, Artisans voyageurs, dans les revues *Décharge*, *Brèves*, *Triage*, *Propos de campagne*, *Nouveaux délits*.
Il a obtenu de nombreux prix : Prix Poésimage en 1995 ; Prix Copo en 2014 ; Prix Beur FM Méditérranée ; le Grand Prix International de l'Académie Charles Cros et reçu une Bourse du CNL en 1991, 1998, 2002 et 2015.
Parmi ses romans, on peut citer : *Un enfant de cœur*, Éditions EDDIF, Casablanca, 1997 ; *La Honte sur nous*, 2000, Éditions Non Lieu, 2011 ; *Le Soleil des fous,* Éditions Méditerranée, 2001 ; *Putain d'étoile*, 2003 ; *Passage des indes*, 2012 ; *Monsieur Ernesto*, Éditions Lunatique, 2015…
En poésie : *L'Eponge des mots*, Les carnets du Dessert de Lune, 2012 ; *Un Toit d'étoiles*, Ed. Odonata, 2014, réédition chez Apeiron en 2019 ; *Jours de Liesse*, Les carnets du Dessert de Lune, 2015…

Dominique Fabre

Voir dossier p. 2 à 27
Bibliographie p. 27

Georges Maurevert

Voir p. 91

Maurice Fickelson

Voir p. 104

Michel Baglin

Nouvelliste, poète et critique toulousain, récemment disparu.
Voir hommage de Georges Cathalo, p. 128
Biographie et bibliographie, p.137 à 141.

Daniel Kermann

Photographe, voir p. 113

photographies

Daniel Kermann, «la nuit du chien»

Génie bienfaisant sorti de nulle part, il était là pour me barrer le chemin. Le chemin des bas-fonds pour y vomir mon âme, me défoncer jusqu'à la nausée dans cette ville du nord où après 19h on ne voit plus personne dans les rues.
Mes paradis artificiels, mes vieux démons me taraudaient, depuis cette semaine où j'avais dû me faire oublier. Problèmes, soucis, emmerdes, galères ... bref des problèmes à la con, comme le sont toujours les problèmes. Mais cette fois ils étaient vraiment très très gros !
Je le regardais, il grondait gentiment ! un épagneul Breton, ce nom m'avait toujours fait marrer ! je pensais « Espagnol Breton », ok, c'était un peu – comment dire – tiré par les cheveux. Mais bon ! dans l'état ou j'étais cette nuit de novembre, je n'avais pas la possibilité de me juger, et surtout pas remettre en question mes mauvaises vannes.
De galère en galère, j'ai fini ma nuit, l'aube pisseuse a dilué mes angoisses, un jour nouveau est arrivé.
Et après ?

Né en 1951, j'ai fréquenté l'école Estienne où j'ai appris les arts graphiques. L'image a toujours compté pour moi, qu'elle soit photographique ou illustration, d'ailleurs aujourd'hui la frontière est fine et perméable avec les outils informatiques qui permettent de mélanger les genres.   DK

Où tout commence

Refuge de nuit

Personne au fil

Soleil de nuit

Vers la mer

Errance

Comme un oiseau

Pour une dose

Se souvenir

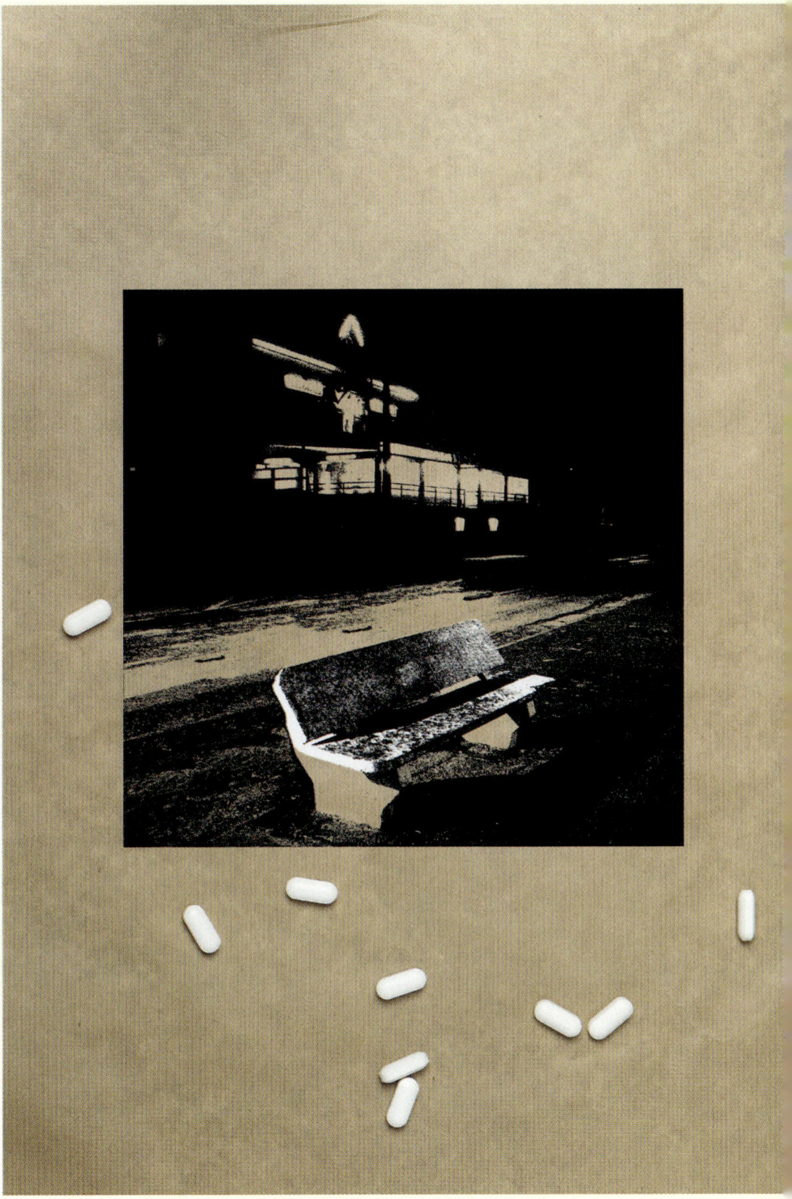

Le banc des paumés

La bouche du diable

Pour en finir

Gardien de nuit

L'aube encore

Michel BAGLIN, poète, nouvelliste et critique, compagnon de la revue Brèves, nous a quitté, le 8 juillet 2019. Pour cette brève présentation de « Michel Baglin nouvelliste », j'ai choisi de le faire à la manière de Michel pour le dernier livre qu'il fit paraître de son vivant et qu'il eut le bonheur de tenir entre ses mains le 17 juin, peu de temps avant de nous quitter. Ce livre, intitulé « Je suis...Georges Brassens » fut écrit en collaboration avec Guy Allix et parut en mai 2019 chez Jacques André éditeur dans l'originale collection intitulée « Je suis... » où l'on a pu lire une quarantaine de titres parmi lesquels les remarquables Charlie Chaplin, Jean Jaurès ou Louis Pasteur.

Georges Cathalo

Je suis... Michel Baglin

(Je vous donne de mes nouvelles...)

Après une bonne dizaine d'années « d'apprentissage poétique », de 1969 à 1979, j'ai donné ma première nouvelle dans le numéro 2 de *Texture*, la revue que je venais de fonder en 1980. Ce texte s'intitulait « Virage ». J'allais ensuite la renommer «Virage de nuit » et c'est toujours l'une de mes préférées. Ensuite, dans le n°4 de ma revue, je fis paraître « Vue sur la gare ». Ah ! les gares, les gares et les trains : tout un univers qui ne devait plus jamais me quitter. Viendra ensuite « Le camion rouge » qui parut dans le premier numéro de la revue *Brèves* que mes amis Martine et Daniel Delort venaient de créer après avoir constaté le vide revuistique dans le secteur littéraire de la nouvelle. Initiateurs, novateurs et courageux, les Delort se lançaient dans une folle aventure qui dure encore, la preuve avec ce nouveau numéro, le 115 ! Après avoir publié une autre nouvelle, *Les quatre murs*, dans le n°7/8 de *Texture*, ce sont les Delort encore, à l'enseigne de L'Atelier du Gué, qui éditèrent en 1981 mon premier recueil de nouvelles. Celui-ci s'intitulait *L'innocence de l'ordre* et rassemblait dans un format oblong quatre nouvelles que je devais reprendre par la suite.

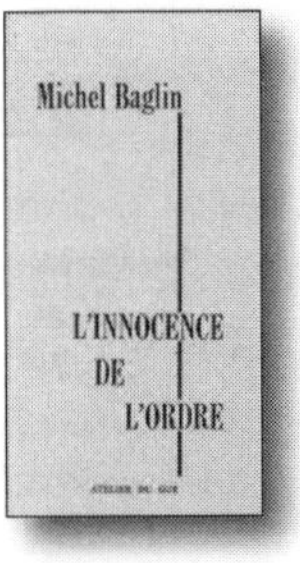

Absorbé par mon accaparante activité de journaliste et par l'animation de ma revue *Texture*, je dus lever le pied (et la main !) côté « nouvelles ». Pour ceux et celles qui l'ignoreraient encore, il faut savoir que, contrairement aux apparences, une nouvelle est bien plus délicate à composer qu'un récit ou qu'un roman. J'en sais quelque chose... Cette haute exigence d'écriture demande temps et patience, or, du temps et de la patience, je n'en avais guère à cette époque-là.

Je ne repris la publication de nouvelles qu'en 1985 avec *Le ghetto des squares* chez Soc et Foc. Ce livre rassemblait trois textes que je devais ne pas reprendre ensuite car il s'agissait plus de courts récits relatifs à ma jeunesse que de nouvelles à proprement dit.

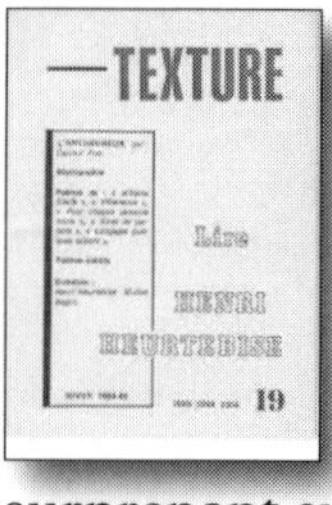

Avec « *Ruptures* », en 1986, un tournant fut pris. Je me lançais timidement dans la publication de ce recueil de douze nouvelles sous l'enseigne de *Texture éditions*, en parallèle avec les numéros de la revue. Le surprenant succès que connut ce petit livre de cent pages m'étonna mais m'encouragea à poursuivre. Le déclic était là, le train était sur de bons rails, alors, je devais continuer mon voyage...

La fidélité de mes amis Delort m'encourageait aussi à aller plus loin. Ils avaient accueilli *Les passagers de la Galère* (encore une de mes préférées !) dans le n°31 de *Brèves* en 1989, suivi par *Le retard du Train jaune* dans le n°65 et par *Lettre d'un lecteur anonyme* dans le n°90. D'autres revues furent intéressées pour avoir de mes nouvelles : *Multiples, Lieux d'être, Décharge, La Bartavelle,* par exemple, et des éditeurs me demandaient des textes pour des anthologies thématiques. Parurent ensuite de nouveaux livres comme *Des ombres au tableau* (SPM éd., 1994), *La part du diable* (Le bruit des autres éd., 2013) ou *Eaux troubles* (Petra éd., 2016). Et je ne parle pas d'Alain

Kewes, mon ami éditeur bourguignon à l'enseigne des éditions *Rhubarbe*, lui qui allait prendre le relais en publiant ou rééditant mes nouvelles mais aussi mes poèmes, mes récits ou mes essais. C'est sûr : le train continuerait de rouler car il était sur de bons rails.

Voilà : je vous ai donné de mes nouvelles. À vous maintenant d'en faire bon usage. Lisez-les et relisez-les selon votre humeur et peut-être y trouverez-vous quelques réponses aux questions que vous vous posez sans doute à mon sujet, vous qui m'avez connu ou tout simplement croisé… Merci à vous …

Michel Baglin
septembre 2019
(***pour copie conforme : Georges Cathalo***)

Le camion rouge

Michel Baglin

C'était une manie du vieux, un de ses derniers plaisirs. La soupe bue et tandis que la nuit tombait sur la campagne, il m'emmenait sur le bord de la nationale, les villageois disaient : la route de Paris. Nous nous asseyions alors, lui sur une pierre et sa canne entre les jambes, moi sur un talus, et nous regardions la lueur des phares grandir, attendant la gifle du vent et de lumière, la gifle brutale qui nous abandonnait aussitôt à la nuit et au silence. Nos yeux suivaient ensuite les petites lueurs rouges allant mourir au fond du Bois Canard. Au loin, au bout de la nationale, on devinait Paris. La nuit, là-bas, était toute lumineuse.

Le vieux ne marchait pas vite et la nationale évitait le village d'un bon kilomètre. Aussi, tout au long du chemin qui traversait les champs de blé et d'avoine, étais-je longtemps bercé d'histoires, de vieilles histoires à lui dont je n'ai pas gardé le souvenir, car je ne l'écoutais guère, trop occupé à percer, dans l'herbe humide des fossés, le secret des vers luisants. Mais cela ne le dérangeait pas, le vieux. Il marmonnait pour lui-même, ou pour les anciens, les disparus. Parmi ces habitudes et ces fantasmes, le camion rouge avait fini par trouver naturellement sa place. Il ne méritait sans doute qu'un intérêt nuancé, mais il passait chaque lundi, à la même heure et le vieux s'était comme attaché à cette ponctualité. Les routiers eux-mêmes, étonnés de nous retrouver avec une telle fidélité sur le bord de leur chemin, s'étaient pris au jeu et nous saluaient d'un geste amical ou d'un appel de phares. Le lundi était donc devenu le jour du détour : à la sortie du village, nous délaissions notre itinéraire habituel pour monter vers les carrières et rejoindre la nationale près de l'Auberge des Voyageurs, abandonnée depuis plusieurs années, mais qui présentait l'avantage d'être bâtie au sommet d'une côte.

Le vieux ne retrouvait pas là sa pierre accoutumée ; il s'asseyait sur le rebord d'un bac à fleurs où ne poussait plus que le chiendent. Pour n'être pas en reste, je grimpais sur une table vermoulue dont on avait fait le sacrifice à la pluie et au vent. L'avantage en vérité valait le détour : de nos humbles promontoires, nous distinguions la lueur des phares à des kilomètres de distance. Aussi le jeu s'engageait-il à chaque tache lumineuse qui trouait l'horizon : serait-ce ou non le camion rouge ?

Nous suivions la lente approche le long de la nationale dont nous devinions le tracé dans la nuit. Une attente silencieuse qui ne se dénouait qu'au tout dernier moment, dans le ronflement du moteur, l'aveuglante clarté des phares et le geste amical des routiers. Le rite était accompli. Nous suivions alors les feux rouges, cet interminable adieu s'éteignant au fond du Bois Canard, puis nous rentrions sans un mot au village.

Or un soir, tandis que nous longions les carrières en route vers l'auberge, le vieux s'arrêta de marmonner pour se tourner vers moi et demander, l'air vaguement préoccupé, si je me rappelais la première apparition du camion rouge. Pour être anodine, sa question ne m'en fit pas moins abandonner mon fossé. Je pris sa main et creusai ma mémoire, mais en vain. J'étais incapable de remonter le temps jusqu'au commencement de notre étrange dévotion. Le vieux, pourtant, était peut-être parvenu à ses fins : sa question m'avait ramené à lui et à ses rites – aux côtés de sa folie. Bien avant le sommet de la côte, je guettais déjà les phares.

Je me hissai sur la table et regardai le vieux rejoindre son bac à fleurs. C'était curieux de l'observer. Il n'était jamais vraiment là. Peut-être au bout de cette canne qui grattait patiemment la terre autour des cailloux enfouis... On m'avait dit un jour qu'il avait été instituteur dans sa jeunesse, avant de tout quitter « pour élever ses chats » ! Cela me semblait curieux, pour ne pas dire invraisemblable. Moi, je n'avais jamais connu qu'un vieux bonhomme dont l'originalité avait dû finir par se confondre avec les caprices d'un vieillard...

Quelques voitures qui s'annonçaient au loin me ramenèrent à la route. Je remarquai deux phares puissants et me dressai inutilement sur la pointe des pieds. Le vieux attendit que le véhicule soit tout proche pour lever la tête. Ce n'était pas le camion rouge.

Derrière nous, le chemin descendait doucement vers le village. Lorsque je me retournais, je ne voyais qu'un grand trou noir ponctué de vagues lueurs. Mais tandis que nous montions vers les carrières, je devinais cette présence rassurante dans mon dos d'un village familier. J'imaginais les volets clos et les hommes refermés sur leur sommeil et j'éprouvais une immense fierté à rester éveillé quand tout dormait, sentinelle solidaire dans la grande aventure de la nuit.

Ce soir-là, pourtant, le charme était rompu, une question avait commencé à lézarder ce monde paisible et ordonné. Quand étais-ce, la première fois ? Il m'importait finalement bien peu de savoir ou non y répondre ; l'interrogation cependant demeurait, suffisante en elle-même pour ruiner mon confort de gosse. Et puis, supposer une naissance, un départ à ce rituel qui nous amenait chaque lundi sur le chemin du détour, c'était détruire un peu de la magie que naïvement j'y attachais. Mes huit ans s'accommodaient mal de devoir remplacer brutalement une cérémonie par une vulgaire habitude prise un jour, par hasard, et qui un jour, fatalement, devrait mourir. C'était le contraire d'une métamorphose, une désillusion.

Le vieux grattait la terre autour du caillou. Il attendait, patient. Je pensai qu'il avait confiance ou bien, confusément, qu'il s'était fait à l'attente. Et je l'enviais peut-être, moi qui ne détachais plus les yeux du bout de la route, livré à cette inquiétude, ce vague soupçon qui troublait l'aspect habituel des choses : l'heure était passée.

Je crus voir le vieux hocher la tête. Pourquoi avait-il hoché la tête, les yeux toujours sur son caillou ? Et pourquoi ne disait-il rien ? J'eus soudain l'impression de le découvrir loin de moi, douloureusement étranger et, d'un coup, je compris que j'étais seul. Seul avec l'indifférence des camions et de tous ceux qui, dans mon dos, dormaient. Seul avec ce sentiment nouveau que l'avenir existait et qu'il ne ressemblerait pas à l'enfance. Aujourd'hui encore, alors que j'ai depuis longtemps découvert l'habileté du vieux à faire et à défaire un mythe, c'est avec un reste d'angoisse que je repense à cette solitude, à cette attente dérisoire au bord d'une route d'un enfant et d'un vieillard plantés dans le silence.

Pourtant, quand il pointa sa canne pour m'indiquer une tache de lumière plus large et plus éblouissante que les autres, j'ai peut-être pressenti que s'il les aimait, le vieux, les camions, ces camions qui traversent les campagnes et les grandes villes où les rues sont éclairées jusqu'au matin, c'était à travers moi et comme par procuration. Que s'il me semblait étrange, avec ses grands silences et sa façon de tout vivre en dedans, c'était précisément en raison de cette manie qu'il avait de toujours pointer sa canne pour m'inciter à regarder à sa place, à vivre à sa place, peut-être, la crainte et l'espoir.

Le vieux ce soir-là me fit nomade. Sans feu ni lieu et sans confiance, livré tout entier à la surdité des camions, dans une nuit différente. Il me fit renaître sous un ciel vide, le vieux, pour m'assurer peut-être un bonheur qui serait seulement de feux de camps et de haltes attentives aux plaisirs de l'instant. Bien plus tard je me suis souvenu d'une phrase que je l'avais entendu répéter : l'immédiat est un royaume. Et je compris alors qu'il avait voulu, pour moi et pour mon bien, que ce royaume fût suffisant.

Quand le poids lourd qu'il m'avait signalé fit onduler l'herbe noire et s'agiter les feuilles des arbres au-dessus de nos têtes, filant vers le sud, tous phares allumés, il n'y eut pas de geste amical des routiers car, on s'en doute, ce n'était pas le camion rouge…

La route retourna au calme. Je regardai le vieux qui grattait son caillou. Il grommela que le camion ne passerait plus ce soir-là ni peut-être jamais. Sur le moment, je le détestai. Mais il haussa les épaules et abandonna son bac à fleurs. Inflexible et silencieux devant l'inconcevable, comme s'il n'y avait pas à fournir d'explication ni de réponse à l'absence.

Le lendemain, chacun souriait en m'expliquant le piège dans lequel j'étais tombé. Le vieux avait mis à profit mon étourderie pour m'entraîner un jour trop tôt, un dimanche, sur le chemin du détour. Lui se contenta de baisser la tête. Il savait que la veille, sans trop savoir pourquoi, j'avais failli pleurer.

Pourtant, non, je n'avais pas pleuré. Nous étions rentrés tous deux au village. Le vieux, comme toujours, marchait devant et je suivais à quelques pas derrière. Mais cette fois, parce que je n'avais pas encore compris ses leçons, j'ignorai souverainement les vers luisants dont le secret n'avait plus d'importance. ■

Cette nouvelle a paru en mars 1980,
dans le premier numéro de la revue Brèves

Biographie
de Michel Baglin

Originaire de la région parisienne, Michel Baglin a suivi ses parents venus s'installer à Toulouse en 1962. Après un passage dans le Gers, il s'est installé aux portes de Toulouse, en bord de Garonne.

Durant et après ses études (licence et maîtrise de Lettres modernes) il a exercé de nombreux « petits boulots » pendant plusieurs années, aussi bien dans les gravières, les trains, la restauration que les supermarchés, etc. Devenu journaliste en 1977, il exercera cette profession à *La Dépêche du Midi* jusqu'en 2009.

C'est Guy Chambelland qui éditera son premier recueil de poésie en 1974. Puis, il publiera plus d'une vingtaine de livres. Comme romancier avec *Lignes de fuite*, *Un sang d'encre*, *La Balade de l'Escargot*, il est aussi l'auteur de plusieurs recueils de nouvelles dont *Des ombres aux tableaux*, de récits comme *Entre les lignes*, à La Table Ronde, *Chemins d'encre*, chez Rhubarbe éd., de deux essais (*Poésie et Pesanteur*, *Le Maux du poème* à l'Atelier du Gué, et *La Perte du réel* chez N&B et de plusieurs recueils poétiques dont *L'Alcool des vents* au Cherche-Midi et réédité chez Rhubarbe.

Il a également publié sous le titre *Les Chants du regard* un album de 40 photos de Jean Dieuzaide qu'il a accompagnées de proses poétiques (éditions Privat).

Parallèlement à l'écriture de ses livres, Michel Baglin a toujours eu une activité de critique, entre autres à *La Dépêche du Midi*, où il a tenu une rubrique régulière durant plus de 18 ans. Mais aussi pour les revues *Autre Sud*, *Brèves*, *Europe*, etc. ou encore *Poésie 1*, dont il a été membre du comité de rédaction.

Il a également créé et animé la revue et les éditions *Texture* de 1980 à 1990. Puis *revue-texture.fr*, un site littéraire qu'il fait vivre jusqu'en 2019.

Parmi ses thèmes récurrents, le voyage et les faux-départs, les trains, la quête du paysage, l'amour du réel malgré la difficulté à l'habiter et à être présent au monde, la recherche de l'échange avec autrui par le langage poétique, les petits bonheurs qui font la nique à la déréliction, comme « l'éclair d'un sourire dans une file d'attente ».

Bibliographie

établie par Georges Cathalo

Déambulatoire (Chambelland éd., 1974), poèmes, épuisé.
Masques nus (Chambelland éd., 1976), poèmes, épuisé.
L'Ordinaire (Traces éd., 1977), poèmes, épuisé.
L'Innocence de l'ordre (Atelier du Gué éd., 1981), nouvelles.
Le Marcheur (L'Arbre éd., 1981), poèmes, épuisé.
Feux et lieux (Texture éd., 1982), poèmes, épuisé.
Les Maux du poème suivi de *Poésie et pesanteur* (Atelier du Gué éd., 1984), essai, 1ère édition, épuisé.

François de Cornière (Atelier du Gué éd., 1984), essai.
Jour et nuit (Le Pavé éd., 1985), poèmes, épuisé.
Multiple (Le Pavé éd., 1985), poèmes, épuisé.
Le Ghetto des squares (Soc et Foc éd., 1985), *nouvelles*, épuisé
Ruptures (Texture éd., 1986), nouvelles, épuisé.
Quête du poème (Texture éd., 1986), poèmes, épuisé.
Les Mains nues (L'âge d'homme éd., 1988), poèmes, épuisé, Prix Max-Pol Fouchet 1988.
Lignes de fuite (Arcantère éd., 1989), roman, épuisé.
Poésie et pesanteur (Atelier du Gué éd., 1992), essai, 2e édition augmentée, épuisé.
Pour ou contre (Clapas éd., 1993), chansons, épuisé.
Des ombres au tableau (SPM éd., 1994), nouvelles, épuisé.
L'Obscur vertige des vivants suivi de *Terre pleine* (Le Dé bleu éd., 1994), poèmes, épuisé.
La Perte du réel, des écrans entre le monde et nous (N & B éd., 1998), essai, 1ere édition, épuisé.
Un sang d'encre (Lignes de fuite 2) (N & B éd., 2001), roman, épuisé. (*)
Entre les lignes (La Table Ronde éd., 2002), récits, 1ere édition, épuisé.
L'Alcool des vents (Le cherche midi éd., 2003), poèmes, 1ere édition, épuisé.
Lettre de Canfranc (Rhubarbe éd., 2005), récit, épuisé.
Les Chants du regard (Privat éd., 2006),

poèmes, sur des photographies de Jean Dieuzaide.
Les Pages tournées suivi de *L'Adolescent chimérique* et de *L'Etranger* (Fondamente éd., 2007), poèmes, épuisé.
Les Pas contés (Rhubarbe éd., 2007), récit, épuisé.
Chemins d'encre (Rhubarbe éd., 2009), récits, 1ere édition, épuisé.
La Balade de l'escargot (Pascal Galodé éd., 2009), roman.(*)
L'Alcool des vents (Rhubarbe éd., 2011), poèmes, 2e édition, épuisé.
De chair et de mots suivi de *Embruns de femmes* (Le Castor Astral éd., 2012), poèmes.
La Part du diable et autres nouvelles noires (Le bruit des autres éd., 2013), nouvelles .(*)
Un présent qui s'absente (Bruno Doucey éd., 2013), poèmes.
Dieu se moque des lèche-bottes (Le bruit des autres éd., 2014), farce théâtrale.(*)
Loupés russes (Rhubarbe éd., 2014), nouvelle.
Entre les lignes (Le bruit des autres éd., 2015), récits, 2e édition.(*)
Eaux troubles (Petra éd., 2016), nouvelles
Chemins d'encre (Rhubarbe éd., 2016), récits, 2e édition.
Lettres d'un athée à un ami croyant (Henry éd., 2017), lettres, illustrations de Jean-Michel Delambre.
Arbres (Du Douayeul éd., 2018), poèmes, illustrations de Jean-Pierre Nicol.
Visages de villages (L'aventure carto éd., 2018), poèmes, sur des photographies d'Yvon Kervinio.
Je suis Georges Brassens (Jacques André éd.,

2019), essai, avec Guy Allix, illustrations de Fredkha.
L'Alcool des vents (Rhubarbe éd., 2019), poèmes, 3e édition.
La Perte du réel (Rhubarbe éd., 2019), essai, 2e édition.
Les Mots nous manquent (Rhubarbe éd., 2019), poèmes, préface de Jean-Pierre Lemaire.
Jour et nuit recueil de poèmes, réédition par les éditions La malle d'aurore 2019.

Les titres suivis de (*) qui ne sont plus disponibles en librairie peuvent être commandés à l'adresse : jackie.baglin1@orange.fr

✦

« J'écris pour tenir tête au silence établi,
pour rallumer des mots éteints par l'habitude
et les garder vivants face à cette hébétude
qui pétrifie le cœur et qui nous désunit. »

M.B.
(De chair et de mots - J'écris)

Benoît Fourchard

174 p., 18 euros.
Éditions Lunatique

Onze textes répartis en quatre sections : *Corps, Transhumance, Mémoire, Noirceurs*. Dès le début, une « Note de l'auteur » nous apprend que plusieurs de ces textes « ont fait l'objet d'adaptation théâtrale, de mise en voix ou d'une première édition » et l'auteur remercie les actrices, acteurs, metteuses et metteurs en scène, interprètes, qui ont été les « porte-parole » de ces histoires. Et de fait le lecteur a envie de dire ces textes à haute voix. D'ailleurs l'une de ces nouvelles, « Cette chère Simone » (dans *Noirceurs*) commence par une curieuse phrase, détachée, en italiques, qui s'apparente à une didascalie : « Un homme s'habille progressivement en femme ». Une autre nouvelle, « Façon Escurial » (dans *Mémoire*) « met en scène » une troupe de théâtre amateur qui ne joue que du Michel de Ghelderode sous la houlette d'un metteur en scène pervers, monstrueux, sadique, qui terrifie ses actrices et acteurs, mais qui les fascine, et le héros-narrateur est pratiquement obligé de revenir l'année suivante malgré la peur épouvantable qu'il a ressentie pendant la représentation.

Les nouvelles les plus impressionnantes sont les trois premières qui font partie de la section *Corps*. Les personnages-narrateurs sont inattendus, extravagants : dans « Dorothée », une petite fille qui « avec son air buté (...) tétanise son monde », qui se dédouble et s'observe elle-même depuis le plafond ; dans « Humeurs » (qui donne son titre au recueil), une... « humeur » précisément, au sens médical que ce mot avait autrefois et plus précisément une pituite ; dans « Chair de Carton », un homme qui a été coupé en deux lors d'un accident, la tête d'un côté, le corps de l'autre, et l'on a réussi à greffer sa tête sur... un emballage (en carton évidemment) de lave-vaisselle. Trois sujets originaux, qui obsèdent le lecteur. La quatrième et dernière nouvelle de cette première section raconte la célèbre histoire de Joseph Merrick, le fameux *Elephant Man*, mais le lecteur, un peu déçu, préfère le film de David Lynch (1980) qui va plus loin.

D'ailleurs ce recueil est un peu inégal : quelques histoires paraissent un peu banales, par exemple celle de cette femme qui perd la mémoire (Alzheimer a déjà beaucoup servi !) ; mais la plupart transportent le lecteur dans un univers étrange même si cet univers est apparemment réaliste, un univers cruel, fantomatique, halluciné. Les chutes sont souvent brutales, à couper le souffle.

Tous ces textes sont remarquablement écrits, dans une langue superbement « orale », sans ponctuation par endroits, ce qui amène le lecteur à faire défiler tous ces mots enchaînés les uns aux autres à vive allure, sans respirer, créant ainsi une avalanche, un étouffement ; ailleurs la ponctuation, au contraire, coupe les phrases, dissocie les mots, provoquant des visions hallucinatoires. L'effet est toujours saisissant.

Un grand livre-coup de poing, à lire absolument.

Jean-Loup Martin

chroniques de floréal

Louis Guilloux
106 p., 20 euros.
Éditions héros-limite

Voici une publication qui fera le bonheur des fervents lecteurs de Louis Guilloux et des historiens professionnels ou amateurs passionnés par l'entre-deux guerres. Débuts d'un grand écrivain : le breton Louis Guilloux, définitivement installé à Paris en 1921, place des nouvelles dans différents journaux, dont *Le Populaire* de Léon Blum, avant d'être intégré dans l'équipe de *Floréal*, l'hebdomadaire illustré du monde du travail, fondé par Aristide Quillet en 1919. Là, l'auteur du *Sang Noir* se trouve à bonne école, auprès de journalistes chevronés, à la tête desquels Jean-François Louis Merlet. Les soixante-neuf textes réunis ici par Eric Dussert donnent une photographie vivante de l'époque. Enlevées par leur style, diverses par leur sujet, originales par leur angle d'attaque, elles n'ont rien perdu de leur vivacité et de leur charme.

DE L'AUTRE CÔTÉ DES MASQUES
Philippe Veyrunes

170 p., 15 euros.
Les Presses littéraires

Les personnages de ces sept nouvelles portent des masques, au sens figuré évidemment, sauf dans la dernière nouvelle où ils portent réellement des masques pendant le carnaval de Venise. Le plus souvent ils paraissent, de prime abord, sympathiques, attentifs aux autres ; certains, il est vrai, paraissent froids et distants, voire blasés. Mais, quand on va « de l'autre côté des masques », quand la vraie personnalité des « héros » se dévoile, on découvre des monstres d'égoïsme, de jalousie, des manipulateurs, des rapaces, des pervers, dont les victimes sont parfois des handicapés, ce qui les rend encore plus odieux ; et le lecteur en arrive à se réjouir quand une femme se venge de l'un de ces monstres d'une façon cruelle. Mais, quand les héros de certaines de ces nouvelles sont réellement courageux, chevaleresques, quand ces hommes agissent pour « le bien de l'humanité » ou mettent leur vie en danger pour sauver des femmes, le résultat est encore plus catastrophique : ou bien le héros sombre dans le ridicule car il n'a pas perçu la différence entre la réalité et la fiction, ou bien le héros doit reconnaître l'échec du procédé humaniste qu'il avait mis en place, ou bien, par son acte héroïque et désintéressé, le héros projette la femme qu'il a tirée des griffes d'un abominable macho et se projette lui-même dans une impasse dont il ne peut sortir que par un geste désespéré et définitif. Car il est bien connu que « l'enfer est pavé de bonnes intentions ».

Dans ce recueil cruel et sombre, il n'y a guère que les victimes pour être vraiment sympathiques, vraiment humaines, ce qui est plutôt désespérant. Toutefois la dernière nouvelle, la seule où les masques soient réels si l'on peut dire, termine ce recueil sur une note plus souriante : c'est une espèce de conte de fée dans une Venise certes délabrée par endroits mais magique, une Venise où le jeu, le marivaudage, la commedia del arte, le théâtre de Goldoni créent une réalité plus belle et plus enivrante que la réalité « vraie » ; et, quand les masques sont levés, la féerie persiste car, cette fois, tous les personnages sont beaux et lumineux.

Et puis pourquoi ne pas citer Philippe Veyrunes lui-même, auteur du texte de présentation de la quatrième de couverture ? « Les apparences sont souvent trompeuses, on le sait bien. Face à des personnages qu'ils croyaient connaître, dans des situations qu'ils pensaient maîtriser, les héros de ces nouvelles en font l'expérience, pour le meilleur ou pour le pire... ». Sur la première de couverture d'ailleurs, un superbe masque du carnaval de Venise regarde le spectateur, le futur lecteur, de son regard vide. Car tout n'est qu'illusion.

Jean-Loup Martin

D'UN BLEU IMPOSSIBLE
Contes et nouvelles bulgares
Éditions Le Soupirail
150 p. 18 euros

Les contes ont ceci de fascinant : ils disent le vrai dans le mensonge.

Les neufs textes *D'un bleu impossible* dévoilent un monde tantôt merveilleux, tantôt flirtant avec le fantastique, distillant un climat d'étrangété et altérant ainsi notre vision habituellement cohérente du réel. Ces contes et nouvelles traduites du bulgare par Krasimir Kavaldjiev ébranlent nos certitudes et modifient notre regard offert à des vérités illimitées.

Dans une note en fin de volume l'éditeur conclut : « Pour empêcher les hurlement des loups d'imprégner notre ombre, on se prend alors à désirer l'autre côté de la page, pour trouver enfin une vraie demeure : l'infini d'un bleu impossible.

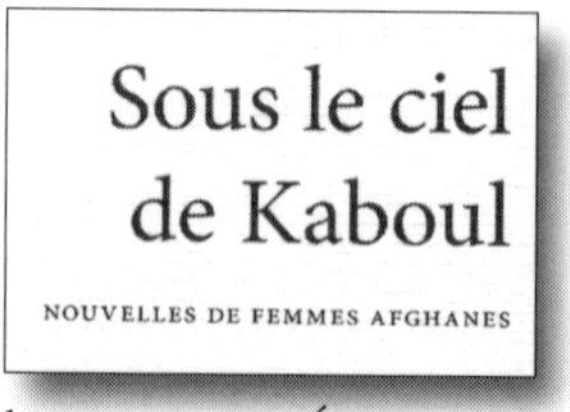

Le Soupirail éditeur
227 p., 22 euros.

La première de ces nouvelles est terrible, la deuxième aussi ainsi que la troisième. Elles le sont toutes. Écrites par des femmes dont nombre sont réfugiées au Canada et aux États-Unis, elles traitent de la guerre en Afghanistan. De l'oppression masculine. Guerre et oppression masculine font bon ménage. Ces autrices nées, sauf exception, dans les années soixante-dix et quatre-vingt, y sont confrontées depuis la naissance. Elles en parlent sans pathos, donnant chair et épaisseur aux brèves infos transmises par nos médias. En dénoncent l'aspect fratricide « Deux coups de feu de Wasina Badghisi », atroce « Numéro treize de Batool Haidari ». Une citation de ce second texte donne le ton d'ensemble du recueil : « elle s'est étouffée en pleurant et était presque en état de putréfaction... ».

Assimiler les hommes aux loups dans « Nuit de loup d'Alicia Atae » n'est, hélas ! pas qu'une métaphore comme nous l'apprend le long monologue d'une victime de trafiquants et de passeurs, dont son amant après en avoir été la complice. Où il est encore question de canidé quand un chien enragé sert à l'élimination d'un prisonnier « Chien-mouche de Sedighe Kazemi ».

Mariam Mahoob donne le courage à une femme, la force et la détermination, pour résister à ses agresseurs et même l'occasion de leur échapper avec « La métamorphose de l'araignée ». Ce sera aussi le cas de « Dame Khamiri », la poupée confidente de Homeira Qaderi mais là, l'élément libérateur n'est pas dû au hasard d'un bombardement ; l'héroïne prend elle-même une pioche en main pour se défaire du mari.

Toorpekai Qayum, elle, choisit dans une nouvelle tout aussi tragique, de référer au sens de la dignité et de la générosité toujours profondément enraciné dans la mentalité afghane « Mère ».

Quand Masouma Kawsari donne aux sons l'indicateur de sens « Voilà, c'est le bruit d'un canon ! – Non, ce n'est pas le bruit d'un canon, c'est le bruit des roquettes. » suivi du silence à l'arrivée des talibans près d'un village, silence où seul le bruit du peigne à tisser de la mère de la narratrice ne subsiste ; elle poursuit, imperturbable, son ouvrage en dépit des circonstances, « L'eau dormante ».

« Trois fées de Manizha Bahktari » sera la seule nouvelle de ce recueil à introduire l'onirique merveilleux des contes orientaux. Le personnage de Pari existe-t-il vraiment ? Pari est-elle rêve ou hallucination ? « Pari était une légende. On disait à Fahrâd que Pari était une légende. Fahrâd n'y croyait pas. »

L'émigration n'est pas absente du recueil puisque aussi bien Khaleda Khorsand avec « Le doute que Parween Pazhwak », avec « Un berceau en papier » y dénoncent l'insupportable persistance de la domination masculine.

Enfin « Un regard de l'autre côté de la fenêtre de Homayra Rafat » qui termine l'anthologie s'entend comme un douloureux appel au pacifisme.

Michel Ots

William Chambers Morrow

Edité à Philadelphie en 1897, *Le Singe, l'Idiot et Autres Gens*, est proposé aujourd'hui par Libretto, à l'occasion de ses vingt ans d'édition. Le chef d'œuvre de William Chambers Morrow « en combinant le mystère et le suspens avec le bizarre ouvre une voie nouvelle… » Éric Dussert préface le volume et retrace la trajectoire de l'auteur dont le registre « tout d'horreur et de frissons » a profondément marqué les écrivains français, tel Guillaume Apollinaire ou Alfred Jarry qui écrivait en 1901 : « Voici un volume où se réunissent le génie narratif d'un Kipling et le sens de l'horreur d'un Edgar Poe… À côté de ces histoires sanglantes s'épanouissent l'infinie douceur et la sentimentalité inédite du *Singe, l'Idiot et Autres Gens* lâchés à travers le monde et redressant les torts de l'homme, don Quichotte imprévus. »

222 p., 8,70 euros. Ed. Libretto.

Bernardo Toro présente ainsi la nouvelle collection des éditions Rue Saint Ambroise : « Elle rassemble l'essentiel de l'œuvre de grands nouvellistes du XXe siècle. Une sorte de bibliothèque idéale de la nouvelle contemporaine qui permettra au public français de découvrir ou redécouvrir des œuvres phares grâce à des traductions modernes et soignées ». Il continue en précisant que tous les grands nouvellistes qui seront publiés dans cette collection s'inscrivent dans la lignée de Tchékhov, dont l'œuvre est la source d'une nouvelle nouvelle. Les nouvellistes français n'ayant pas réussi à se défaire de l'influence de Maupassant, la nouvelle en France est devenue un genre mineur. Aucun auteur français ne fera donc partie de la collection. Bernardo Toro ne sous-estime pas notre Guy national, mais il estime que « le génie de Maupassant a minimisé la révolution apportée par Tchékhov et par là même, empêché la nouvelle forme de faire évoluer l'ancienne. Privée de cette approche moderne, la nouvelle est devenue en France un genre somptueux, brillant et suranné qui ne parvient plus à saisir la complexité de notre monde ». La collection se donne donc pour objectif de faire découvrir au public français cette « nouvelle nouvelle ». Virginia Woolf ouvre le bal. Le recueil contient dix-huit nouvelles (l'œuvre en compte une cinquantaine) toutes écrites pendant la guerre de 14-18. Florence Didier-Lambert préface le volume et donne quelques clefs de lecture. Elle présente aussi les choix qui ont été faits pour les traductions : respecter les interprétations possibles, la pluralité de points de vue des traducteurs sur l'écrivain, s'ouvrir à l'influx de l'anglais, conserver sa ponctuation pour respecter le rythme et la prosodie de la langue.

Simon Passager

Les meilleures nouvelles de VIRGINIA WOOLF
Ed. Rue Saint Ambroise, 212 p., 12 euros.

LA JOURNEE MONDIALE DE LA GENTILLESSE

Jacqueline Daussain,
Quadrature éditeur
124 pages, 16 euros

La première, nouvelle éponyme du recueil, déclinée en style oral, est drôle au point d'en avoir à « pisser dans son string ». Les autres ne sont pas tristes non plus, émaillées parfois de termes wallons. L'auteure apporte en toutes circonstances une touche de bonne humeur telle cette infirmière qui, lors des scanners du sein, prévient les patientes qu'elle « veille à ne pas trop compresser, sauf pour les profs de math. Avec les profs de maths, je suis sans pitié « Prof de maths ».
On peut la suspecter d'un léger anticléricalisme « Cadre à Beauneux » ; ceci mis à part, elle fait preuve d'une grande tolérance pour les faiblesses de toutes sortes « Une bière bien fraîche », « Le papa de Pépette », quitte à ridiculiser la couardise « Pour Sandra » et à se moquer de la procrastination «Ne pas traîner », à faire preuve d'indulgence pour soi-même, « Une si grande étendue de peau à caresser » et pour les autres « Bon anniversaire, hein m'chou ! , à prendre la vie du bon côté « Sa petite vie au CHU ».
Elle fait l'éloge de l'empathie « Moi, j'adore danser » quand bien même cela coûte quelques efforts « Comment vont tes enfants » et appelle à dépasser les conflits pour une garde alternée, « Un petit mec ». On le voit, la vie de tous les jours inspire ces nouvelles mais Jacqueline Daussain décèle toujours le léger décalage entre les réalités et ce qu'on voudrait qu'elles soient qui fait qu'il y ait là place pour l'humour. Et pourtant, outre les problèmes de couple « Le partage du territoire » et « Six mois dans la vie de Ciril » ou de souci pédagogique « L'éducation de Joséphine » ce sont tous les maux de notre condition humaine, la maladie, la vieillesse, la solitude et la mort qui sont le thème ou l'arrière fond de chacune de ces nouvelles. Au total, un recueil qui mérite d'être cité lors de cette fameuse journée mondiale de la gentillesse.

Michel Ots

LE DÉCLIC
Charles Juliet
La guêpine, 54 pages, 13 euros

Cette nouvelle est on ne peut plus bienvenue par les temps maussades que nous traversons. Voilà donc un chef d'entreprise, flanqué d'un véhicule de luxe, un être de discipline, rabat-joie familial, qui, sur la foi d'une conversation avec un ex-truand (précisons qu'il est avocat), quitte son itinéraire habituel, et littéralement prend la tangente. Pour chercher quoi ? Pour chercher le déclic.
— Et vous, vous l'avez connu le déclic ? Vous l'avez connu ?
Oui, c'est à vous que je parle, moi qui rédige la note de lecture et vous qui la lisez. Si vous êtes sûr de pouvoir répondre oui, alors vous faites partie des bienheureux sur la planète, qui ont trouvé le secret du bonheur. Sinon, laissez-vous prendre par ce grand texte court. Avec cette histoire que l'on pourrait trouver un peu mièvre, Charles Juliet capture son lecteur pour le placer devant sa propre situation, pour le forcer à faire le point sur sa capacité à être heureux. Il faut dire que Charles Juliet, ce n'est pas n'importe qui.
De son enfance – dans son cas, on ne peut même pas dire difficile – il a mûri un chef d'œuvre : *Lambeaux*. Les derniers tomes de son *Journal* montrent que sa longue recherche l'a conduit à un accord avec lui-même.
laguepine@gmail.com

Ce texte a été publié en 1984 par Jacques Brémond, dans le recueil *Failles* qui compte cinq autres nouvelles. « Déclic » a été traduit en italien. Toujours réédité, 96 pages cousues, non rognées, *Failles* est disponible à l'adresse de l'éditeur :
editions-jacques-bremond@wanadoo.fr

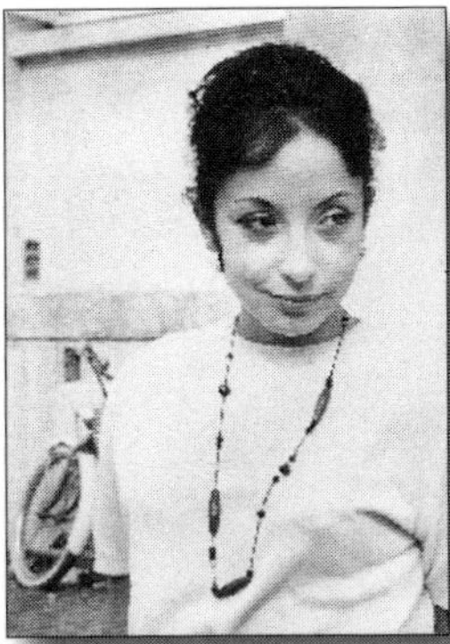

NOUVELLES DE PRISON

Albertine Sarrazin,
Les éditions du Chemin de fer
120 pages, 15 euros

Faut-il rappeler qui est Albertine Sarrazin ? Si *L'Astragale* et *La Cavale* n'ont pas disparu des librairies, pas sûr qu'elle ait aujourd'hui la notoriété que le succès de ses livres à leur publication pouvait augurer. Certes son nom dit quelque chose... Née en 1937, Albertine meurt à vingt-neuf ans, victime d'une erreur médicale lors d'une opération du rein. Elle aura passé huit ans en prison, s'en sera évadée, aura été recueillie par Julien, et de leur amour et de sa vie de délinquante, elle aura tressé une œuvre littéraire incandescente. La mort d'Albertine laissera à ses lecteurs la blessure de l'ultime injustice.

Publiées en 1973 par Julien, aux Editions Sarrazin, les nouvelles proposées dans cette nouvelle édition ont été écrites en prison. Là, dès les premières lignes, nous y sommes : « On s'ennuie en prison ? Moi, je vous assure que je ne m'ennuie pas.» Suit une rocambolesque histoire de courrier clandestin « Le Laveur ». La seconde nouvelle – presque une novella – rapporte l'histoire de Mary, la clocharde, qui, deux ou trois fois par an, finit sa tournée de pocharde devant le commissariat et provoque jusqu'à ce qu'on la ramène en prison, pour quelques semaines ou quelques mois. Là est sa maison, ses habitudes, sa seconde vie, son travail, ses trafics. « Affaire Saint-Jus ». « La Crèche », ou comment confectionner une vraie crèche de Noël avec un peu de savon, est un récit tendre, dans lequel Albertine accepte son « existence de rechange ».

Le recueil contient en annexe la préface de Julien Sarrazin à la première édition et *Voyage à Tunis*, récit de la remise du Prix des Quatre Jurys écrit pour *Le nouveau candide* en 1966.

Les éditions du Chemin de fer ont réédité en 2012, le cinquième texte faisant partie de l'édition originale, *Bibiche*, avec des dessins d'Annabelle Guetatra.

Martine Delort

Revoilà Monsieur Tristecon. On en avait entendu parlé sans l'avoir rencontré. François Caradec avait envisagé d'en faire le héros d'une série ; ou pour le moins de le rééditer.

Dans une belle édition de ***L'Arbre vengeur* (80 p., 9 euros)**, Eric Dussert a pris le relais et nous offre en complément une postface très éloquente et un entretien avec François Caradec réalisé en 1997 pour *Le Matricule des Anges*, dans lequel celui-ci parle de pataphysie, de surdité bien génante quand on est pilier de bar, et de Raymond Roussel…

Mais revenons à Monsieur Tristecon.

Je sens bien que vous brûlez que je vous assène quelques citations, florilège de ce chef d'entreprise, dont on a longtemps ignoré le modèle, mais que, si vous êtes salarié, vous devriez reconnaître sans difficulté.

« Tout ce que je sais, je l'ai appris, dit Monsieur Tristecon ».

Et aussi : « Mieux vaut perdre sur un placement sûr que sur un placement douteux ».

Mais François Caradec n'est pas seulement un fin connaisseur d'Alphonse Allais. Son Tristecon a des velléités sociales. Sa secrétaire est fatiguée, il lui conseille de se coucher de bonne heure et il continue : « Mais tâchez tout de même que ça ne vous reprenne pas tous les mois ».

Eric Dussert décortique la force corrosive de ce personnage, type défini, type réussi, type libéré…

« Monsieur Tristecon n'est pas de ces patrons à l'ancienne mode, ces maladroits qui appelaient l'ouvrier : « mon brave », ni de ces jeunes patrons qui parfois le tutoient, le rudoient, le renvoient. Non. Monsieur Tristecon a une âme de chef : il faut une âme de chef. (…) À travers lui, la sacro-sainte figure du patron, grand homme, dernier recours, petit père du petit peuple des salariés, est irrémédiablement froissée. »

Simon Passager

VIEILLES FOLLES VIEILLES SAGES

**Mireille Diaz-Florian,
Ed. le Bretteur
190 pages,
22 euros**

Elles sont au centre de neuf récits qui ne semblent pas à première vue avoir de liens. Elles vivent avec fougue un moment qui réunit à lui seul les lignes fortes de leur existence. Lorsque la Cathie se suspend aux cordes des cloches jusqu'à s'en faire exploser un bras, qui comprendra « cette envolée de cloches (...) et notre force, encore, nous vieilles folles, pour aimer la vie »? Les récits s'enracinent dans des lieux, souvent des grandes et belles villes, Lima, Prague, Montréal, Rome, Paris... Mireille Diaz-Florian dit la beauté à touches colorées. « Elle n'aurait pu imaginer d'avancer sans la permanence d'un univers d'images, où le monde ne se lisait qu'à travers une patiente perfection ». Elle ciselle avec la même précision une situation, une émotion, une intuition... et cela donne à son écriture une sensualité constante. Une écriture élégante, dit-on à son propos. Certes, on y lit un certain raffinement, et la distinction de ceux qui peuvent tout se permettre sauf le relâchement. Mais on y trouve surtout l'harmonie et le charme que crée l'adéquation entre style et sujet, « la recherche d'un accord avec le désir de vivre tous les instants, en devenant la comptable pointilleuse du bonheur ». Pourquoi tous ces déplacements ? « Rien ne me ressemble ici. J'y puise la capacité à m'émerveiller encore de vivre ». Cette recherche et ce goût du bonheur n'ont rien d'égoïste. Ils s'enracinent dans le goût du partage, et pour certaines de ces femmes dans un militantisme actif. Les récits eux-mêmes sont un cadeau au lecteur qui, lui non plus, ne prendra jamais le traversier du Saint Laurent, et qui pourtant entend les craquements, lorsqu'il casse la glace, plus fort que ne le font sans doute la plupart des usagers...

Dominique Brua

CINOCHE
Contes incertains

Denis Soubieux
Éditions Chum
110 p., 16 euros.

De *Cinoche* j'ai sélectionné trois nouvelles.
La première bien sûr, la nouvelle éponyme qui s'appelle donc « Cinoche » : on y voit un couple d'amoureux se défaire sur une querelle bien stupide, à savoir comment se servir d'un tube de dentifrice et combien les personnes qui appuient au centre du tube sont insupportables à celles qui prennent garde de pousser la pâte depuis le fond du tube. À la suite de cette querelle, Julie disparut et son amoureux attendit son retour, si malheureux qu'il en oublia de la chercher là où raisonnablement elle pouvait se trouver. C'est sur l'écran d'une salle de cinéma qu'il finit par nouer une étrange relation amoureuse avec elle.
Le narrateur de mon second choix, (« Comme un orage ! »), est un marchand de couleurs qui fournit leur matériel à tous les peintres de la ville et qui va devenir l'amant du modèle qui pose pour la plupart d'entre eux. Et là aussi c'est bien sur une toile qu'il finira son histoire amoureuse, et que se réalisera la vengeance du peintre qu'il avait cru tromper.
La troisième, la dernière du recueil, a pour support un mur, le mur qui fait face au lit d'un vieil homme arrivé au bout de sa vie et sur lequel est accroché une horloge. Celle-ci a rythmé le temps tout au cours de son existence. Son père déjà en remontait le mécanisme. Et c'est sur ce mur et son étrange relation avec l'horloge que le vieil homme va entrevoir sans la comprendre la mort qui vient.
Et les autres alors, les cinq autres textes ? Je vous les laisse découvrir. Aucune ne m'a déçue. Elles dansent, avec le monde que l'on dit réel, un tango rêveur.
Denis Soubieux a une belle écriture. Pas un instant il ne nous laisse sortir de ses histoires. Il nous tient. Bien serrés, dans les entrelacs de ses contes. Il a aussi une belle et grande imagination qui s'appuie sur un sens

de l'observation aiguisé. Les situations les plus fantaisistes sont décrites avec une précision méticuleuse, chaque élément de la phrase apportant un détail, une couleur, une information. Un correcteur aurait du mal à « dégraisser », chaque mot ayant exactement sa place et sa fonction. Nul doute, Denis Soubieux est un très bon nouvelliste, il en a toutes les qualités et vous ne raterez pas une séance de son *Cinoche*.

Martine Delort

Regardez bien la couverture. Pourquoi ces crochets ? Ça y est, vous y êtes. Reste « Polémique » comme Paul & Mike. Ça tombe bien, ce sont les éditeurs de cette nouvelle revue. Reste aussi « Polysémie », propriété d'un terme qui présente plusieurs sens, par exemple le mot « nouvelle ». Ça tombe bien, car les éditions Paul & Mike publient beaucoup de nouvelles. Et depuis quelques mois dans cette revue annuelle, ouverte (beaucoup) aux auteurs maison mais aussi (un peu) aux autres. Au sommaire de ce numéro, un petit nouveau, Christian Calon, dont la nouvelle « La Clé » est le premier texte publié. Belle histoire d'amour. « Je vivais avec Lucie depuis trois mois maintenant, une relation qu'elle et moi qualifions d'entre-deux, mais ni elle ni moi ne savions dire si nous étions entre deux gares ou entre deux guerres ». Heureusement l'ex, vipère comme toutes les ex, s'en mêlera… Au côté de Christian Calon, treize autres nouvellistes, dont Alain Emery que l'on peut lire aussi dans ce numéro de Brèves.

188 p.,
15 euros physique
4,99 euros numérique
Ed. Paul & Mike

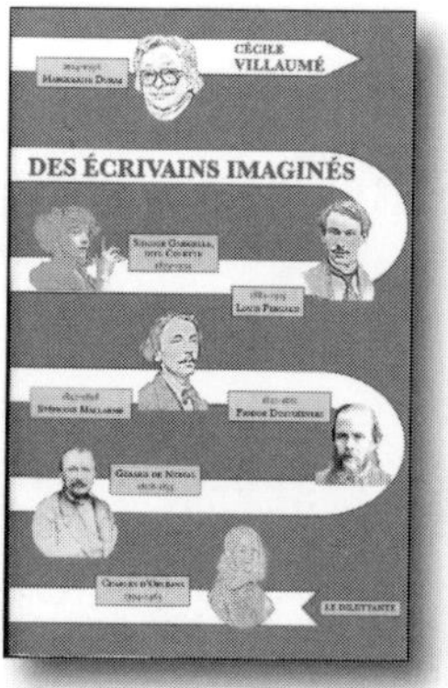

DES ÉCRIVAINS IMAGINÉS
Cécile Villaumé

Éditions Le Dilettante
222 p., 17,50 euros.

Certes, comme le dit le texte sur le rabat, Cécile Villaumé fait preuve « d'irrespect et de causticité » envers des écrivains qui ont largement dépassé l'âge d'être moqué. Dès le titre, elle fait preuve de familiarité en les nommant par leur prénom, point barre. Mais elle fait pire ensuite. Elle s'inserre, elle se faufile insidieusement dans leur intimité, elle démonte leurs trucs et leurs tocs, non seulement dans leur vie personnelle mais aussi dans leur écriture, leur style, et ce qui fait véritablement leur identité, leur univers littéraire. Elle est capable de reconstituer des grands moments d'histoire, comme l'incendie du Bazar de la Charité raconté par Paul (Morand), ou la traversée de Paris dans la charrette d'infamie qui conduit Manon (Roland) à l'échafaud tandis que Charles, le bourreau, monologue intérieurement sur ses difficultés de chef d'entreprise et ses prévisions quant aux comportement ultime de ses passagers. Elle n'hésite pas à sortir de l'anonymat bureaucratique un certain Etienne Sandras, auteur d'un rapport d'inspection académique sur le professeur Stéphane (Mallarmé).
Petite sœur de Jean Teulé et de Patrick Rambaud, Cécile Villaumé manie parodie, pastiche, décalage et détricotage sans le moindre état d'âme. Et comme eux, en étant drôle, n'ayant pour seul but apparent que celui de nous faire rire, elle touche à l'essentiel. Là où il n'y a plus de faux semblant. N'est-ce pas Marguerite ?

Simon Passager

BRÈVES

revue semestrielle

Directeur de publication : Daniel Delort
Rédaction : Martine Delort
Maquette : Jacques Gaïotti

Impression : Pulsio - Sofia Bulgarie

Ont collaboré à ce numéro :
Dominique Brua, Marlène Deschamps, Martine Delort, Michel Ots, Isabelle Gély, Françoise Lipmann, Jean-Loup Martin, Simon Passager, Anne-Marie Ridard, Association Trombone

Crédit photographique :
© Hannak Assouline (Dominique Fabre, 4e de couverture),
Daniel Kermann (cahier photos 113 à 128)
autres : DR
Dépôt légal à parution
Achevé d'imprimer le 30 octobre 2019

ISSN 02484625 - ISBN : 978-2-916806-38-9

BRÈVES / Pour La Nouvelle
1, rue du Village, 11300 Villelongue d'Aude.

Tél. 04 68 69 50 30
e-mail : breves@atelierdugue.com
http://www.pollen-difpop.com/article-8529-breves.aspx
Site : http://www.atelierdugue.com

Abonnements : voir page précédente

Vente au numéro :
- chez votre libraire ou par correspondance, à notre adresse
- **Internet** : www.difpop.com
- **Numérique :** http://www.scopalto.com/revue/breves

Vente aux libraires :
- Diffusion et comptoir de vente : DIF'POP/POLLEN
81, rue Romain-Rolland, 93260 Les Lilas
Tél. 01 43 62 08 07 - Fax. 0 43 62 07 42.
Mail. infos@difpop.com - Site : http://difpop.com

La Région Occitanie Pyrénées - Méditerranée
CNL CENTRE NATIONAL DU LIVRE

Brèves reçoit le soutien du Centre national du livre et de la Région Occitanie.